U0856846

以为长大就会好了

［韩］金惠男 ［韩］朴钟锡——著
何汲——译
有只兔子——内页绘图

青岛出版集团｜青岛出版社

图书在版编目（CIP）数据

以为长大就会好了/[韩]金惠男,[韩]朴钟锡著；何汲译.—青岛:青岛出版社,2022.6
ISBN 978-7-5552-8029-3

I.①以… II.①金…②朴…③何… III.①散文集—韩国—现代 IV.①I312.665

中国版本图书馆CIP数据核字（2021）第159291号

山东省版权局著作权合同登记号图字：15-2021-43

YIWEI ZHANGDA JIU HUI HAO LE

书　　名	以为长大就会好了
作　　者	[韩]金惠男　[韩]朴钟锡
译　　者	何　汲
内页绘图	有只兔子
出版发行	青岛出版社
社　　址	青岛市崂山区海尔路182号
本社网址	http://www.qdpub.com
邮购电话	18613853563
责任编辑	李文峰
特约编辑	崔　悦　李文竹
校　　对	李晓晓
装帧设计	蒋　晴
照　　排	梁　霞
印　　刷	天津联城印刷有限公司
出版日期	2022年6月第1版　2022年6月第1次印刷
开　　本	32开（880mm×1230mm）
印　　张	8
字　　数	163千
书　　号	ISBN 978-7-5552-8029-3
定　　价	49.80元

编校印装质量、盗版监督服务电话 4006532017 0532-68068050

序言

你好，我的“抑郁”啊！

人生在世，我们总会有感到抑郁的时刻，哪怕是芝麻粒大小的事也会引起抑郁。当我们蓦然从镜子里看到自己的脸上长了皱纹时，当朋友说了让我们心里难过的话时，当初雪那天自己身旁没有恋人时，“抑郁”都可能找上我们。此外，遭遇让自己委屈的事情、曾经与自己相爱的人离开、在已经断水断电的房子里看着空空的钱包……每当面临这种相当严重的事态之际，我们也会感到抑郁。

“抑郁”是人生的多重面貌之一。当我们工作不如意时，当我们在人际关系中受到伤害时，抑或当我们觉得自己已经濒临心理承受极限时，都会产生抑郁的情绪。但这种“抑郁”也是我们在面对挫折时，从理解内在到战胜挫折所必须经历的一个过程。这种“抑郁”虽然痛苦，但也是正常的情绪反应，而且随着时间的推移或现实情况的改变，当时的抑郁感自然会消失得无影无踪。

我们应该多关注及用心抚慰的，是更深层、更具持续性的抑郁症状——前期我们可能只是郁郁寡欢，过一段时间连话都不想说了，然后感到无能为力和对自己的人生失去憧憬，最终陷入绝望之中……对此，我们称之为抑郁症。

“我是世界上最不幸的人，如果将我的感受分担到世界的每个人身上，那么这个世界就不会有人再有笑容了。我不知道自己的这种状况会不会好转，但总有种不祥的预感，认为这种好事不会发生在我身上。继续保持现状是不可能的，我要面对的不是死路一条，就是发生在我身上的事情好转起来。”

这是美国总统亚伯拉罕·林肯患抑郁症期间写下的心理自述，据说他大半辈子受抑郁症的折磨。

我们从林肯的文章中也可以看出，抑郁症是一种让人非常痛苦的疾病。患者可能环顾四周也看不到逃生口，眼前漆黑一片，连随心所欲地移动一下自己的身体都做不到；思维和身体像熄火的发动机一般陷入静止状态，与之相应的精神和肉体的所有功能也都像慢镜头似的缓慢运转……英国著名科学家路易斯·沃尔伯特在《蓝色的曙光：走出恶性忧伤》一书中对抑郁症的痛苦描述如下：

“那是我人生中最糟糕的经历。这比看着妻子死于癌症的模样更令人难受。承认抑郁症比面对妻子的死亡更为痛苦，这似乎有点儿可耻，却是如假包换的事实。”

抑郁症会将我们的个人感受推向痛苦的极限，除非身为抑郁症患者，否则我们正常人根本无法想象那种痛苦。因此，路易斯·沃尔伯特才会坦白地说出虽然有点儿可耻，但那比看着妻子死于癌症还要痛苦。

在世界卫生组织所统计出的困扰人类最可怕的疾病中，抑郁症排名第四（作者写此书时的数据）。再加上全球人口中患有抑郁症的人口数量庞大，可以说抑郁症是蔓延甚广的一种疾病。任何人都是潜在的抑郁症患者，即便是身体再强壮、人生再富有、长相再帅气的人也可能患上抑郁症，这个人也可能是我们自己。

如果得了抑郁症，大多数患者会对世界上的事物失去兴趣，因无法感受到快乐而陷入无限抑郁。这些人即使面对平时自己喜欢的食物也食不甘味，可能看着别人看得捧腹大笑的电影，不仅不觉得有趣，甚至连笑点为何都不知道，也就是说身体和心灵都退至无感状态。

抑郁症并不仅局限于“抑郁感”。患有抑郁症的人除了具有对自己和世界持否定态度的负面思考特性，还会表现出莫名的负罪感，以及自己有罪的犯罪妄想症，甚至出现无价值感或认为自己个人能力缺乏、一无是处、整个人生都没有什么可留恋的贫困妄想症。患有抑郁症的人有时还会出现认为自己染上不治之症的妄想状态，更有甚者抑郁症有可能以身心症、产后抑郁症、高三症候群、大四症候群、主妇抑郁症、空巢期症候群、季节性抑郁症、中年抑郁症、假性抑郁症等多种形态出现。因此，一旦有人患上抑郁症，就必须接受专业性的治疗。

目前人们对精神类疾病存在很深的偏见，我们会自然地建议身体不适的人去医院就诊，但是当人们出现心痛或抑郁的症状时，却不会严肃地去看待，反而把它归结为个性或意志问题。此外，很多人对精神医学的偏见也很严重。精神科往往被视为只有所谓的“疯子”才会去的科室，因为担心被别人看到自己去精神科看病，有的人绝对不会去离家近的医院就诊。还有“吃了精神科的药就会中毒，变成傻瓜”“一旦去看精神科，档案就会伴随一生”等错误的思想观念更加剧了人们的恐惧。

无论多么严重的抑郁症，都是我们身体表现出来的一种疾病而已。就算症状很严重，只要我们快速找专业医生诊断并加以正确治疗，也完全有治愈的可能。因此，就像我们在感染肺炎时会去医院治疗一样，对于有“心理重感冒”之称的抑郁症，我们也不应该刻意掩饰或拖延治疗，而要积极地接受治疗。

如果抑郁症患者开始接受专业性的治疗，那么大部分患者在三个月内就会有所好转，就能看到仿佛再也见不到的阳光闪耀和清风拂面的世界，再次见到邻居温暖的微笑，并且学会对小事也心存感恩，然后可以重新开始探索世界之旅。如果我们患了抑郁症却放任不管，抑郁症就会长期滞留在我们身边。患抑郁症这段时间所经受的极度痛苦，会让一个人变得颓废，造成心理并发症，其中自杀心理的危害性尤为严重。

抑郁症显然是一种可以治疗的疾病，黑暗必定会有尽头。所以，即使现在痛苦得要死，我们也要相信自己的抑郁症一定会好转，自己可以重新回到生活的起点，这是医学上已经得到证明的事实。

抑郁症不是深不见底的洞穴，而是隧道。况且那个隧道的尽头，还有明亮的阳光等待着我们。因此，无论饱受怎样的折磨和痛苦，只要我们不放弃希望，终究会否极泰来。然后我们就可以再次感受到生活中的热情，能够依照自己的意志去思考及行动，感受到用双脚站立、以脚底接触土地的踏实感，也得以重启暂时中断的人生旅程。所以，在人生的某个瞬间感到抑郁时，我们切莫惊慌失措，应该堂堂正正地面对它，唯有如此，才能快速地告别抑郁症，恢复健康的生活。

2019 年 5 月

金惠男

目录

目 录

目 录

抑郁症

抑郁的人，想法如静止的水

抑郁的人有两把衡量世界的尺子。

一把尺子具有弹性和伸缩性，

可以随心所欲地丈量事物；

另一把则是铁尺，

而且刻度很细，

很难用它来测量物品。

水具有持续往下流的属性。水从高处流到低处，如此汇聚而成的水力，足以穿透土地形成水路。当这些水路朝向一处流淌时就会汇成河流，河流对土地冲刷时间长了就形成了河道。这时我们就不必再担心水的来源了，因为只要顺着河道追溯就行了。

想要改变已经固定的河道是非常困难的事，形成河道的河流不会轻易改变流向。我们的思路宛如河道一般，也是沿着联想的方向而流动下去的。当我们的大脑受到外界的某种刺激时，如何去接受和理解它，取决于大脑对这种刺激的联想方向。而且从小时候开始，我们有意无意间累积的个人经验，将成为自身联想方向的一种数据库。也就是说，人生每个阶段所反复积累的经验，将成为我们理解世界万物的重要指标。

值得庆幸的是，愿意积极、温暖地看待世界和自己的人，在受到外界的某种刺激时，思维的联想会朝着积极的方向流动。然而，那些从小时候开始就因经受过大大小小的心理创伤和痛苦而消极看待世界的人，则会以负面的认知来解释和分析自己长大后的一切遭遇。比如有人年幼时有过毫无希望、软弱无助的经历，成年后会预先断定“自己现在也是如此”，认为自己的世界和未来必然是灰暗且忧郁的。在这个悲观且没有希望的世界里，他的人生注定像痛苦的童年那般，处在遇事无能为力和内心抑郁不已的痛苦中。

◑ 上班迟到就如临死期，抑郁的振英

踏入社会5年的上班族振英早晨勉强睁开了眼睛，看了看表，

时间是上班前15分钟。他匆匆忙忙地洗了把脸就冲出门打出租车，偏偏今天出租车特别难打。他一边努力地拦车，一边在心里嘀咕："我的运气果然很差。"好不容易才拦到一辆出租车，他上车后，脑海中却浮现出主管扯着喉咙喊"公司是游乐园吗？居然迟到"的嘴脸，觉得真不知该如何度过这一天。那一瞬间，出租车司机通过后视镜瞄了振英一眼，似乎感受到他的坏心情而皱起了眉头。原本就很郁闷的振英，意志更消沉了。

我果然不行！昨天的工作没做好，今天还迟到，肯定要当场丢人。大家会怎么嘲笑我呢？可能希望我尽快辞职吧！我只会给同事们添麻烦。振英悲观的想法没完没了地往外冒，一发不可收拾。

世界上没有人会喜欢我。要不然怎么连出租车司机看了我之后，心情都会变差呢？我为什么会是这个样子？我是个懒惰又没用的人。像我这样的人，不值得活在这个世界上。我对家人来说也是个累赘。我消失的话，也许对家人会更好。

想到这里，振英突然觉得眼前一片漆黑，甚至喘不过气来。他在不知不觉间产生了未来没有希望的心理，觉得与其这样活着还不如一死百了，继而有了想跳下车的冲动。直到出租车开到了公司门口，振英的心情才慢慢平静下来。

为什么对正常人来说迟到这件很普通的小事，对振英来说却成了让他想要寻死般沉重和抑郁的事情呢？振英的思考方式，可以说是遵循着自己特定的思维规律进行的，这导致他更加郁闷。首先，振英以极端的"黑白理论"来思考问题，思维模式中没有任何灰色空间的意识，一切不是成功就是失败。对他来说，成功或失败只能选择其一，相应地，他也认为人们只有“喜欢自己”和“不喜欢自己”这两个选项。

像振英这样的人，大多有完美主义的倾向。正因如此，他们禁不起小小的失误或失败。事实上，最近在振英的公司加班已是家常便饭，所以大家都很疲惫，稍微晚一点儿到公司，大家也就睁一只眼闭一只眼。对别人迟到，振英会认为他们是“因为疲劳而不得已”，对自己迟到则认定是因为自己“懒惰和无能”。

在这种思维模式下，振英对人际关系方面的看法，也只有“好或坏”，没有“普通关系”可言。从严格意义上来说，大部分人的人际关系是没有特别好恶的普通关系。但是对振英来说，他觉得人际关系只有喜欢或讨厌这两种关系，那么对自己不友善和没有好感的人肯定讨厌自己。这样的错误认知导致他认为别人是由于“自己懒惰无能”或“长得不好看”才讨厌自己。可以说，振英的这种思维模式导致他患上了抑郁症。想想看，如果一个人总是认为自己懒惰无能，没人会喜欢自己，哪能不得抑郁症呢？

更何况，振英对事情的反应总是以偏概全。如同一个考试向来只拿第一名的学生，不过偶尔有一次拿了第五名，就断定“我是失败者”一样。这样的学生无视自己曾经多次拿过第一名的事实，只因一次成绩下滑就把它视为常态。振英也是如此。他以苦干、实干著称，但是偶尔迟到一次就把它常态化，认为“自己是个懒惰鬼，是公司的害虫”。如果我们像他这样总以负面思维去联想事情，我们的精神过滤器就会将许多好的情绪过滤掉，只留下负面情绪，然后用这些否定性的想法来判断整件事。

振英平时在业务方面表现得非常出色，但是最近由于头痛、注意力不集中而出现了一些工作失误。看到一向以完美主义著称的振英也会犯错，同事们反而很高兴，认为这样的振英很真实，并不带恶意地对他开玩笑："猴子也有从树上掉下来的一天，振英你怎么回事呀？"振英听了同事的这番话却觉得是在嘲笑他，并且将其解读成别人就等着看自己失败呢。

如此这般，若是将事情的整体状况和氛围全部过滤掉，只筛选出一些负面的东西来解读情境，我们就会被禁锢在那个负面而黑暗的世界里。

◑ 好结果是偶然，坏结果都归罪于己的抑郁症

抑郁的人有两把衡量世界的尺子。一把尺子具有弹性和伸缩性，可以随心所欲地丈量事物；另一把则是铁尺，而且刻度很细，很难用它来测量物品。

他们在评价别人的时候会拿出有弹性和伸缩性的尺子，然后当别人失误时就很宽容地认为"事出有因"。而当评价自己时，他们却总是拿出铁尺，仔细而冷静地批判自己，然后得出"我果然不行"的结论。

"在此之前，我之所以能做好业务，只是运气好。看我这次由于失误把事情搞砸就可以知道，我原本就是这副德行。"

振英对发生在自己身上的负面事件，往往会歪曲并引申其意

义，对正面的事件则会缩小其意义。如果有人夸奖自己，他会认为对方只是爱说好听的话而已；如果别人稍微指出自己的失误或错误所在，他就会歪曲理解为对方本来就讨厌自己。像他这样总是对自己持否定和刻薄态度的人，不抑郁才怪呢。

此外，抑郁的人还有单凭一两次经验就急于下结论的特性。振英在预料自己今天上班会迟到时，曾经先打电话给公司的一位同事，想要告诉对方自己可能会晚到一会儿。但是这位同事正好在跟另一组的一位同事聊天，所以振英打过去的电话一直无人接听。但是振英认为，同事没有接电话就是在回避自己。

“怎么办？同事跟我牵扯在一起的话，只会坏了他们的名声。现在大家肯定想要避开我，不愿意接近我。那我就无法胜任这份工作了，最后会因此被开除吧？如果我是因为这个被开除的，那么其他公司也不会录用像我这样的人，最后我就会变成无业游民，悲惨地终老一生。”

这种思考过程的特征可以总结为“读心术谬误”或“算命的谬误”。“读心术谬误”是指在没有充分根据的情况下，随意推测和断定他人内心想法的错误思维。振英因为看到出租车司机对自己皱眉头，就此断定“对方不喜欢自己”。然而出租车司机可能是因为肚子疼而皱眉呢。而且振英断定同事没接电话，是故意回避自己，然后从这里进一步地“发散思维”，认为自己的未来会变得很凄惨。他仿佛把自己变成了一个算命先生，预测并断定自己的未来，这就是“算命的谬误”。

一个人认为自己一无是处，这种心情该有多抑郁呢？振英就是如此。他因为最近工作上的失误和一次上班迟到，就觉得自己是人生的失败者和无用之人。振英对自己的一次失误，不会想着“啊，我不小心犯错了。最近好像太累了，或许需要休息一下再继续工作吧”，而是给自己烙上“我天生就是失败者”的印记，如此一来，也让自己错失了挽回的机会——因为他自认为是天生的失败者。

其实，这次工作上的失误是振英他们团队的一位新进员工造成的。但是振英主动承担了那位新进员工的错误，然后把自己定义成一个“连部属都教不好的无能上司”。像这样将与自己无关的事件当成自己的责任来承担的做法，叫作“个人化”。这种“个人化”让他产生了罪恶感，而这种意识禁锢了他，使他无法动弹。

他就像希腊神话中被绑在悬崖上、每天被神鹰啄食肝脏的普罗米修斯一样。他认为自己应该受到惩罚，因为自己犯了错误。振英有了这样的想法，并且陷入抑郁的情绪中，这绝不是他原有的意图。他也想要过得幸福，也想要从折磨自己的苦闷中摆脱出来，但是觉得自己没有这种资格。因为他认为自己是天生的失败者，是无法被任何人喜爱的讨厌鬼，不幸发生在自己身上也是理所当然的事。

◑ 需要戴上自我肯定的“粉色眼镜”

我们看待世界的方式，会遵循我们内在的世界。小时候我们与亲朋好友的相处方式，日后会影响我们看待世界、体验世界的方式。振英过去的一些经历导致了他的自卑心理，他思考问题的角度也沿着抑郁的方向越走越偏。

抑郁的过去会持续将人的思维引至抑郁的方向上来。如此一来，哪怕是一件小事，我们也会将负面的意义无限放大，即使面对现实的美好，内心也会变得悲观。一个常见的例子便是，杯子里装了一半的水，习惯正面思考的人会开心地说“还有一半水，要省着点儿喝”；但是习惯负面思考的人会认为“只剩下半杯水，该怎么办？大事不妙了”，从而为此担心不已。因此，悲观的想法会影响我们的情感，情感则会决定思绪的流向，然后思绪的流向又会强化我们的情感，从而形成“悲伤影响情感—情感强化悲伤”的恶性循环。

然而，童年的经历再也无法改变，现在我们又能做什么、该怎么做呢？难道我们只能遵循着自己的命运活下去，别无选择吗？这个问题的答案显然是“不”。当然，谁也无法改变过去。一个人拥有悲伤的过去，显然是令人痛心和遗憾的事，但是我们不该因此对现在或未来感到悲伤。我们总会在无意识中身处令人感到悲伤的境地——徘徊在悲伤又险阻的道路之上。

如果我们能够分析出自己出现某种想法或做出某种举动的原因，就可以阻断“悲伤影响情感—情感强化悲伤”的恶性循环。让过去成为过去，让我们成为自己人生的主人，活在当下和未来，即我们必须找到被痛苦的记忆覆盖的真正自我，让自己心中拥有明亮的阳光和清新的空气。当然，这个过程并不容易，但只要我们不放弃，希望就一直存在。

达到此境界的第一步是——拥有积极的心态。如果我们能够积极思考，那么，即使面对负面情境也可以客观地观察和接受。积极思考并非意味着漠视负面的东西，虽然很多事处理起来会因困难重重而令人失望，但是我们要拥有终将朝着美好和幸福前进的信念，这种信念就是正能量。

德国哲学家叔本华说："使我们幸福或不幸的并非客观事件，而是我们对它的看法或感受。"他还说："抑郁的人看悲剧，易冲动的人看喜剧，沉稳的人只看无聊的剧。"事实上，我们总是戴着自己的有色眼镜去看世界。如果眼镜的颜色变得暗淡，整个世界都会显得阴暗；如果眼镜的颜色是粉红色的，那么这个世界看起来就是粉红色的。这副眼镜的颜色反映着我们的情感状态或思维方式。

虽然今天我迟到了、在工作中出现了失误，但其他时候的我还是诚实、有责任感、工作能力强的人。当我们对自己保持肯定的信念时，足以将围绕在我们周边的世界染成美丽的粉红色。

躁郁症

戴着愉快面具的深度抑郁

躁郁症是可以治愈的精神疾病，
况且患者只要不被已经发生的
失误和损失击倒，
好好调整一下崩溃的心态，
就能用自身的热情和“正能量”
积极地引导自己走出困境。

有些人因内心过于愉快、身体过于充满活力而感到不安。有时他们像一个充满气的皮球，虽跳动速度快、弹力也强，但弹动的方向难以把控；有时他们也像放电性能很强的碱性电池一样充满活力；有时他们却又垂头丧气、身心俱疲。这种大起大落的情绪变化甚至会周期性发作，让本人和他周围的人都感到困扰。

躁郁症是抑郁症的一种，因情绪、思想、行为等在好和坏这两个极端之间来回转变，又称为“两极性障碍”。按照心理医生的经验，患躁郁症的人一般会在经历情绪或行为过激的躁症期后进入郁症期。由于躁症期耗尽了身体能量，在进入郁症期后他们就会生出“什么都不想做”“觉得了无生趣”“莫名其妙地感到烦躁”等不安的情绪。

一般来说，躁郁症患者的抑郁症状比单纯患抑郁症者更严重，因为他们的情绪波动更大。这些由能量充沛、情绪激昂的状态进入郁症期的患者，其情绪起伏的差值相较由正常状态进入抑郁症时期的患者要大得多，在情绪变化过程中所产生的思想混乱程度也更为严重。由于他们情绪更加不稳定，其行为无论是本人还是亲朋好友都很难预测：有些人会突然辞去做得不错的工作，或是一夕之间跟十年知交反目成仇等，总是呈现出一种“不知何去何从”的不安状态。

◑ 飞天钻地般的情感云霄飞车

朴代理[1]在八月初获得升迁，内心非常激动，感觉这是自己拼命工作的结果，自己的能力得到了公司的认可，觉得自己终于转运了。朴代理顺理成章地成为这个月聚餐局上的主角，为此心情大好，在聚餐时不仅大声唱歌、即兴起舞，甚至表演了个人秀。

“各位！今天太开心了，这次聚餐就由我请客吧！”

朴代理虽在情绪上有些亢奋，但在其他方面没表现出异常，玩得很尽兴。他突然说要帮公司聚餐的八十多名同事买单，上司笑着上前劝阻，朴代理却马上反驳说：“不，您是瞧不起我吗？我可是含着金汤匙出生的！金汤匙！我来公司上班只是出于兴趣而已。”听了他这些荒诞不经的话之后，上司再也笑不出来了。

到目前为止，大家只是觉得朴代理喝得有点儿过量（事实上朴代理那天只喝了一杯啤酒，平时他的酒量也不算差）。但是，朴代理沉浸在自己升迁的喜悦中，并对女同事说出一些冒失的话。不管是未婚还是已婚之人，不管是上司还是下属，他见到每个女同事都称赞对方漂亮，并说出“我爱你，你知道我跟你是一对吗”“你是属于我的”等。更大的问题是，他六个月前刚结婚。

---

1 代理：韩国公司的职位设定从低到高依次是社员、主任、代理、科长、次长、部长。

第二天，朴代理的升迁任命被取消。每个参加聚餐的人都不认为朴代理的那些过激行为只是单纯的“耍酒疯”。更荒唐的是朴代理对这件事的后续行为：他拒绝公司由公费来支付他用个人信用卡支付的高昂聚餐费的提议，而且大发脾气，认为公司这么做是看不起自己。

朴代理并没有因为突然被取消晋升而悔悟，反而大放厥词，依然兴高采烈地说出“这样的年薪，如果换作比特币的话，根本不值一提”“我高中同学一直让我和他一起开化妆品公司”“如果投资海外的话，很快就可以赚到两亿韩元”的话。此后，他每天都要更换好几次业务项目，包括房地产、化妆品、游戏开发、出版业等，无论是在公司还是在家里都不能好好地休息，不停地制订一些新的业务计划。

朴代理为了筹划自己的新事业，在上班时间开个人会议，迟到、早退更是家常便饭。最后，朴代理被公司劝退。不过他一点儿也不为失掉工作而担心，反而得意扬扬，认为这样一来自己对公司就毫无留恋了，如果创业的话一定会取得更大的成功。

迫不及待地办理了辞职手续的朴代理，苦恼着究竟要用积蓄开炸鸡店，开网咖，还是悠闲地做股票度日。最后他找到一家店面，跟连锁炸鸡加盟店签约。但是从第二天开始，他突然陷入抑郁的情绪之中。原本应该进行店面装修、招聘员工、学习店面经营方式，他却什么都不想做。

“哦，我为什么在这里？我到底干了什么？”

朴代理突然认清了现实，但是之前发生了太多事情，此时已经处于骑虎难下的状态。他迫于现实开了炸鸡店，但是两个月后就关门了，不仅花光了积蓄，还欠了一屁股债。

◑ 过度喜悦 vs 过度抑郁，危险的跷跷板

躁郁症多发生在像朴代理一样三十岁左右的人身上，病情持续时间较长，一般为期六个月左右。受季节变化的影响，躁郁症患者症状恶化的情况也时有发生，最重要的是此病症很容易复发，让当事人及其家人都感到痛苦不已。

“有时甚至会开心到哼出歌，但是一想起公司的事情内心就变得抑郁起来；有时会感觉身心俱疲，从而意志消沉；有时则会被朋友平平无奇的语言逗得哈哈大笑。我是不是得了躁郁症？”人们通常认为躁郁症是一种心情时好时坏的疾病，但事实并非如此。基本上，躁郁症包含一定时间的躁症期和一定时间的郁症期，二者交替出现。一般情况下，躁症期和郁症期的症状分别会持续两周左右。此外，一旦我们进入了躁症期，并不意味着心情必定会无条件好转，躁郁症中更常见的躁症期表现是会想东想西，内心变得敏感，对小事也容易烦躁，当然有的人表现出的是情绪亢奋、精力充沛。

有时我们会感到很烦躁，怀疑自己是不是得了躁症。躁症是指情绪处于激动、兴奋以及反常的能量过剩状态，这意味着患有此症的人对外界的刺激非常敏感，而且对事情的处理方式往往采用“棱角最尖锐”的一面。因此，这类人对待事情会过度钻牛角

尖或像脱缰的野马般地去想象，这样的直接后果是使得自身原本愉悦的心情消失于无形，取而代之的是猜疑心和疲劳感。

如果一个人出现了躁郁症的症状，那么他在躁症期并不一定会感到幸福或快乐，有时在情绪上反而会比郁症期时更不稳定。我们一旦无法控制自己激动的心情，像朴代理一样“行动过度”，最终会为此付出惨痛的代价，从而让自己陷入不幸之中。

我发现在众多躁郁症患者中，有很多人会出现比朴代理的行为更极端的状况。例如：有些人在躁症期会把自己的钱全部分给那些无家可归的人；也有些家庭主妇会把房子卖掉，然后把钱全部捐出去；另外还有些人会在没有做好任何职业规划的情况下，投资数百万去创业，结果血本无归。

◑“请重新充电，试着慢慢启动”

朴代理目前最需要的是休息和睡眠。躁症期的冲动情绪让他变得思想贫乏、内心敏感且精疲力竭。在这种状态下，血清素和褪黑素也会枯竭，他无法正常入睡，也没有食欲。因此，他会在大约三天的时间内对任何事情都不闻不问，这个状态下只有好好睡一觉才是最佳的处理方式。然而这时朴代理的神经处于极度敏感状态，他连正常入睡都很难做到。

在安眠药和神经安定剂的帮助下，朴代理经过几天的良好睡眠之后，身心逐渐恢复了一定程度的健康。但相对而言，他必须面对之前自己制造的一系列现实问题，这糟糕的经历使他变得沮丧又茫然。

我建议他每天吃饱、睡足，振作一下已经跌到谷底的精神，先恢复和亲人、好友、同事等人之间较为亲密的人际关系。虽然在出现如此重大失误的情况下，他想改善与曾经受到自己伤害的人的关系很难，但即便如此，也应该竭尽全力地诚心地向他们道歉，必要时通过告知对方自己得了躁郁症来获得理解。

在努力改善关系的同时，他也要逐步展开新的社会活动，再度就业。此时千万不要着急，必须循序渐进：先找一些以前做过的比较熟悉的工作重新开始，或是经熟人介绍去与自己职业相关的单位工作，或是做一些非常简单的兼职工作等。在重新开始职业规划时，患者需要给自己一些适应的时间，如果在这个时期行事过于急躁或盲目尝试，可能会再次出现情绪激动或行为冲动的情况，导致躁郁症复发的风险增加。

在减轻症状阶段，药物在早期会发挥效用，但是从中期开始，咨询或认知疗法将会比药物更有效，其中最重要且效果最好的方式，就是通过患者家人的帮助来进行治疗。躁郁症会影响患者家人或周围人的正常生活秩序，由此还会造成经济等方面的损失，这些影响都有可能再次让患者感到抑郁和焦躁。这种结果有可能使患者重新开始的工作状态又陷入混乱之中，患者会反复出现酗酒、赌博、盲目投资等问题。

能够阻止患者陷入这种恶性循环状况的可能不是药物，也不是精神科医生，而是家人对患者的耐心和关怀。躁郁症患者的病情一般会反复发作三至四次，但如果在初次发作时控制得当，不再复发的概率就很大。躁郁症是可以治愈的精神疾病，况且患者只要不被已经发生的失误和损失击倒，好好调整一下崩溃的心态，就能用自身的热情和“正能量”积极地引导自己走出困境。事实上有很多企业家和艺术家，不但很好地控制住了自己躁郁症的病情，还利用躁郁症正向的功能取得了非凡的成就。

躁郁症的自我诊断测试

- □ 心情过于兴奋，变得多话。
- □ 只睡两三个小时也不觉得累。
- □ 注意力变得散漫，想法千变万化。
- □ 没有准备就展开新事业或工作，并且确信会成功。
- □ 热衷于赌博、盲目投资、酗酒，或是沉迷于性生活、购物等。
- □ 总是充满活力，亢奋不已。
- □ 对无关紧要的事情也费心，容易烦躁。

如果七种症状中有三种及以上的症状持续一周以上，就要怀疑是否患有躁郁症。

抑郁症的自我诊断测试

- □ 过于悲伤和空虚，终日郁郁寡欢。
- □ 觉得一切索然无味，缺乏兴趣、毫无干劲。
- □ 没有胃口，体重减轻，或者相反地暴饮暴食。
- □ 失眠或睡太多。
- □ 天天都精疲力竭，容易疲倦。
- □ 注意力不集中，反复出现决定的障碍。
- □ 产生寻死的念头。

如果七种症状中有四种及以上的症状持续两周以上，就要怀疑是否患有抑郁症。

丧失和哀悼

幸存者的悲伤

不管你拥有什么样的真理，
都无法治愈失去所爱的哀伤。
不管什么样的真理、
什么样的诚实、
什么样的坚强、
什么样的温柔，
都无法治愈那哀伤。

“直子的死，教给我这样的事：不管你拥有什么样的真理，都无法治愈失去所爱的哀伤。不管什么样的真理、什么样的诚实、什么样的坚强、什么样的温柔，都无法治愈那哀伤。”

村上春树在他的小说《挪威的森林》中，如此描述失去所爱的哀伤。

和心爱的人分手是一件非常痛苦的事情。无论是什么形式的离别，都是令人痛苦的。更何况，如果一方死亡，那么留下来的人就会感到难以承受失去所爱的悲伤，甚至对人生产生无力感。

所爱的人，再也见不到、摸不着，无论怎么渴望再见对方一面，任凭我们怎么朝思暮想，他都不会再回到我们身边了。这种情感就像整个胸口被外力刺得千疮百孔，身体的某一部分被截断，从而从内心深处涌上的一种失落感。

在直子的葬礼上，她的爱人哽咽不已、几近昏厥，似乎要将自己的悲伤全部宣泄出来。在此后很长一段时间内，直子的身影总是突然在他的日常生活中浮现……他和计算机屏幕里的数据打交道，在紧张的午餐时间里狼吞虎咽地把饭塞进嘴里，然后结束一天的行程躲进被窝之际，眼前突然就会冒出直子的脸庞……泪水也会一下子涌出来。

村上春树说：“死不是生的对立形式，而是以生的一部分存在着。”但是我们不能再和所爱的人一起生活这个不变的事实，仍然让死亡站在了生命的对立面。

◑ 抑郁，失去的痛苦

当我们失去所爱的人时，折磨我们的不仅是悲伤，无法和对方在一起的失落和痛苦，以及对过去的悔恨都将沉重地压迫着我们。我们会不断地回想曾经对对方所做的错事，因为没能对对方更好而感到内疚，这些懊恼的情绪也将化作刀刃刺痛我们的身心。此外，未能与所爱的人拥有幸福的相处时光，也将使我们感到后悔从而自我折磨。

尤其是如果那个人因突发事故或自杀而失去自己的生命，活着的人会因没能阻止他的死亡而感到自责，想着如果多注意一下对方或对其自杀的行为采取一些行之有效的措施，或许可以避免对方死亡的发生，这种惋惜感让活着的人觉得自己应该为对方的死亡负责。而且如果和对方有尚未解决的情感纠葛，那么也有可能产生“是自己把对方逼上绝路”的愧疚感，这样活着的人会陷入无法释怀的悲伤中。

不仅如此，“他死去了，我却好端端地活着”，这样强烈的事实反差也会让“我”产生极大的罪恶感。“把对方留在黑暗的地下，自己活在温暖的世上”，这样的想法会让活着的人觉得自己有罪，此时，活着的人会对自己的身体感到厌恶，感觉自己的身体就像其他人的身体一样陌生，这就是“自我感丧失的人格解体”的表现。

有时，人们对世界的愤怒会像火山爆发一样涌上心头，对人类进化成能力有限的物种而感到愤怒，甚至迁怒于与对方的死亡有直接或间接关系的人。这些愤怒摧毁了活着的人的价值观，使他们的精神陷入混乱之中。

一切痛苦，我们都需要时间来淡化。随着时间的流逝，痛苦也会随之逝去。我们若想要治愈因生离死别而产生的痛苦，就需要有充足的时间去感受因所爱的人逝去带来的悲伤和痛苦。由所爱的人死亡产生的痛苦，将顺着时间的长河流向被称为“过去”的时间之海，这个过程叫作“哀悼过程”。

心理学家约翰·鲍比将此哀悼过程分为四个阶段。第一个阶段，我们陷入绝望、麻木的情绪之中，有时还会拒绝接受对方已经死亡的事实。第二个阶段是十分怀念和寻找已逝者，这会让我们坐立不安，并且产生对死者已逝的事实不能接受的执念。第三个阶段是我们心理建设瓦解和内心绝望的阶段。这会让人感觉人生似乎失去了意义，社会关系被割断从而感到个体被孤立，甚至神情变得麻木，并且饱受失眠和体重下降之苦。这个时期我们的脑海中还会不断浮现出和逝者有关的记忆，对爱人逝去徒留回忆的事实感到失望。最后是症状缓和阶段，此时我们内心失落的痛苦会减轻，思维逐渐回归现实。我们会通过内化让逝去的那个人活在心中，此后对他的记忆则会伴随着喜悦、悲伤等情绪。

整个哀悼过程通常需要六个月左右，如果我们在这段时间内不能充分释放自己的悲伤，而是一味地抑制悲伤的情绪，那么悲伤的情绪就会在心中蔓延，恐怕日后会有出现“病态哀悼反应”的风险。此外，持续六个月甚至一年以上的哀悼反应，有可能已经发展成病态心理了。

在哀悼的过程中，我们会沉浸在悲伤和思念之中，似乎一切都将随风而逝。在这种状态下人会有强烈的空虚感和孤寂感，以及死亡所带来的恐惧感，这些都会让人感到痛苦不已。虽然这个过程让我们感到非常悲伤和痛苦，但这是送走所爱、抚慰心伤的必经过程。所以我们不要太过抗拒，要充分感受这种悲伤与痛苦的情绪。

在哀悼的过程中，我们与所爱的人相连的本能动机来源——性欲，将被撤回，但是这一点并不容易实现。送走心爱的人时，我们会不由自主地看到那个人的身影、听到他的声音……这种想要留住他的愿望，有时会以幻觉的形态与现实纠缠不休。但是，随着幻觉状态与那个人在现实中已经不复存在的理性判断相遇，处于现实中的我们会自行做出接受命运的决定——停止对那个人的执着思念，接受并慢慢适应现实情况。

经历这样的过程，直到个体能量慢慢耗尽，我们才会产生与逝者分离的情绪。经受过悲伤和痛苦的体验，这样结束哀悼过程后，自我才会从压抑的情绪中释放出来，从而感受到解脱后的轻松自在。之后，我们从逝去的爱人那里收回本能欲望，并转向新的对象及新的关系，这样新的爱情也将由此展开。

◑ 为什么人们对失去所爱不是感到悲伤，而是变得抑郁呢?

即便是失去所爱的人，在经历了宛如死亡般令人悲伤和痛苦的过程后，随着时间的流逝，大部分人会自然而然地接受爱人逝去的现实。然而有时候悲伤和痛苦会持续很久，有些人会陷入深深的抑郁之中。

哀悼是我们送走悲伤的必经过程。如果这种悲伤没有随着时间之河流入时间之海，而是在某处受阻的话，我们就会陷入抑郁之中，失去爱人的沮丧会使我们感到痛苦、减少对外界的兴趣，只想独处并且失去爱的能力：有些人会对任何社交活动都毫无兴致；有些人甚至会自责、贬低自己，乃至自欺欺人，不愿接受现实；有的人觉得自己会受到惩罚，这种念头近乎成了妄想症状。这种症状在哀悼时或抑郁症发生时都有可能出现，但哀悼时人们并没有在自尊上出现障碍；相反，陷入抑郁症则会导致自尊感下降和自我贬抑。

失去爱人会在心理上产生巨大的悲痛情绪，但有些人并不是感到悲伤，而是患上抑郁症。为什么这些人面对失去所爱不觉得悲伤，而是变得抑郁呢？弗洛伊德在《哀悼与抑郁》一书中做了如下说明：

第一，我们的哀悼行为有时会有明确的所要针对的对象，有时则是无意识下所发生的。而我们抑郁情绪的成因更为异常，是由某种东西的丧失造成的，也就是由自我贬抑或自我失去导致的。如果把人在哀悼过程中变得沮丧比喻成“外在”，那么在抑郁中变得空虚便是“内在”。也就是说，人之所以产生哀悼行为是因为失去对象，而抑郁是因为丧失自我。

第二，个人自尊的丧失。据说抑郁症患者具有比常人更能看清事物本质的敏锐眼光。他们经常会进行自我批判，指责自己在处理问题时的自私与不正直行为，并坦承自己不能自主处理问题，对他人有很强的依赖性。而且，他们并不认为在别人面前自我指责和坦承缺点有什么可耻之处。

抑郁症患者所表现出来的“自尊感减弱”往往还伴随着严重的自卑感，以及对自己行为的过度指责等症状，这些都是试图消耗自我的行为表现。一个人失去所爱的悲伤不能顺畅地得到疏解，最终可能会演变成“自我批判”，从而危及自己的身心健康。

第三，退化与爱恨纠结的情感。抑郁症患者失去所爱的人后可能会有这样的心理表现：原本在爱情关系中隐藏的复杂情感将会逐渐浮出水面，抑郁感也随之增强。许多人在失去心爱的人后仍然无法放弃对对方的爱，于是把对方隐藏在自己的心底，将两人视为一体，并且一起逃避对方已经逝去这个现实——将对爱人的欲望视为“自我哀悼”，从而产生个人认知退化现象。这样一来，连两人之前在爱情关系中有过的怨恨也会被引发出来，这些怨恨会给他们带来痛苦，同时他们通过这种痛苦获得自虐式的满足感——这样的人虽然会通过某种他们认可的途径不断“报复”原本弃自己而去的对象，但是事实上自己已经成为被报复对象的一部分，通过如此病态的方式来折磨自己。

◑ 电影《凡夫俗子》中的病态哀悼反应

1980 年上映的由罗伯特·雷德福执导的电影《凡夫俗子》，将失去亲人后整个家庭成员经历哀悼和抑郁情绪的过程描写得十分真切。

电影中的大儿子伯杰死后，家庭中的其他成员因他死亡这件事所经历的哀悼过程十分耐人寻味。

他们其实都表现出不同程度的病态哀悼反应。

唐纳德是一个 17 岁的少年，平时在母亲和哥哥身旁打转时总是羡慕他们的亲密关系，因而将哥哥的形象理想化。后来，他和哥哥一起搭乘一艘小船，中途却遇上了风暴，最后只有自己幸存下来，他因自己没能救哥哥而产生了罪恶感，不但患上了抑郁症，还企图自杀。唐纳德在精神病院住院治疗了 4 个月后出院回家，之后在父亲的劝说下持续接受精神分析治疗。

唐纳德平时对哥哥既羡慕又嫉妒，但此时对哥哥的死深感内疚。他内心对母亲偏爱的哥哥充满了爱恨交织的情绪，在发生船难之后，他觉得哥哥失去生命是自己的责任，并因此倍感难受。也就是说，唐纳德觉得自己潜意识中对哥哥的嫉妒导致哥哥死亡。他将哥哥死去这件事藏在心底，然后将自己和哥哥视为一体，并将之前自己对哥哥曾怀有的爱恨之情原封不动地加诸己身，结果造成了“自杀”这种极端的自我破坏行为。

唐纳德与在精神病院认识的朋友卡伦相处融洽。他俩互相安慰，但是看似已经克服抑郁情绪的卡伦，最终还是选择了自杀。面对卡伦的死，唐纳德再次面临心理崩溃的危机。他找到负责对自己进行精神分析治疗的伯格博士，在伯格博士面前第一次吐露了对哥哥的死亡的愧疚，并且为此表现出痛哭流涕的悲痛情绪。

压抑的情感彻底爆发，在听到伯格博士“那不是你的错”这句话后，唐纳德才从压抑已久的罪恶感中解脱。

深爱大儿子的母亲贝思，在大儿子的葬礼上将自己的情感全部掩藏在心底，从此成了一个对外界一切事物漠不关心的人。她觉得若是再去爱另一个人，就仿佛对大儿子犯下了罪，因而深藏起对其他家庭成员的真情。她将大儿子死去的事对外隐瞒了下来，仿佛否认了大儿子已经死亡的事实，然后把对死去的大儿子的思念和悲伤转变成了对幸存的二儿子的愤怒，将渴望母爱的唐纳德狠狠地从自己身边推开。

父亲卡尔文则希望二儿子能从哥哥死亡的痛苦中摆脱出来，也希望家人能够重新幸福起来。所以，卡尔文就像什么事都没有发生一样，为了保持生活愉快而费尽心思，并且极力协助二儿子恢复与妻子的关系。但是最终妻子变了心，他们两个人的爱情也消失了。

电影中的几个主角都压抑并否认自己对伯杰的死亡之痛。父亲在家里若无其事地生活；母亲把大儿子的死归咎于二儿子，从而对二儿子痛恨到极点；二儿子唐纳德则把哥哥的死归咎于自己，通过自暴自弃来缓解哥哥的死亡给自己带来的痛苦，并且以此自我防御。因此，这一家人都没有能够真正为大儿子的死尽情地悲伤和痛苦。

◑“尽情地哭泣，充分地悲伤吧”

当失去一个人时，我们的哀悼反应是不可避免的。哀悼过程就是将悲伤、痛苦等情绪充分地发泄出来，让自己“受尽情绪煎熬”。在经历这个哀悼过程之后，我们才能健康地从悲伤中走出来。

没有其他办法可以明智地减轻痛苦，唯一的方法就是在悲伤的时候充分地感受“悲伤和痛苦”，然后让时间承载着痛苦离开，把内心空下来的“位置”用新的人、事、物填补起来。

“时间是最好的良药”这句话听起来像是一句心灵鸡汤，不过时间的确具有疗愈悲伤的力量。在失去所爱的人之后，我们仿佛再也无法笑出来，再也无法爱上另一个人，但是随着时间的流逝，不知不觉间脸上会重新出现笑容，爱情也会再度降临……

如果我们悲伤的时候不能充分地悲伤，心痛的时候不能充分地心痛，那么悲伤和痛苦就会往内心深处钻，最后成为心理上的一种病症。比如，当身体上长了脓疮时，我们会感到脓疮部位又疼又热，必须割开它把里面的脓挤出来……唯有如此，脓疮部位才能从里往外慢慢长出新肉，创伤随着时间的推移才能完全愈合。如果我们只是把脓疮覆盖，再往它上面抹点儿药，那么脓疮部位的病菌只会往肌肉里越钻越深，然后传遍全身，最终导致全身都不舒服。

事实上，小时候曾与父母分离的人，日后患上抑郁症的风险很高。这主要是因为孩子对生死的理解还处在懵懂的时期，面对生离或死别未能及时给予自己足够的哀悼反应过程，这些伤痛会对孩子的人格塑造造成巨大的影响，再加上很多家长无知地认为“孩子什么都不懂”，所以未能让孩子充分地释放悲伤，这也会妨碍孩子哀悼过程的完成。

把自己的悲伤和痛苦吐露出来，对一个人来说是个非常艰难的过程。电影《凡夫俗子》中，唐纳德在接受相当长一段时间的治疗之后，得知了朋友自杀的消息，自我意识立即再次陷入极度混乱之中……至此，他才真正吐露哥哥的死亡给他留下的深刻记忆和罪恶感。

为了走出“因丧失而哀悼”的阶段，我们与其独自悲伤，不如与经历相同事件的人一起坦然地接受“悲伤”，这对恢复心理健康有很大的帮助。在与他人谈论和分享关于亡者的回忆时，我们能够把亡者放在彼此的心间，以克服“逝者已去，独自活着”的恐惧感。而且，与其他亲属保持互动有助于弥补情感空缺所带来的失落感。也许，只有接受“失去所爱的人”这个事实，我们才能承认生命的有限性，为人生的聚散分离赋予新的意义，同时真切地体会到一个人生命的可贵和有人陪伴是多么珍贵。

Q&A:
该如何抚慰我们那颗精疲力竭的心呢?

人生在世，有时候我们会觉得活着本身就是一件痛苦的事。

当有人感到太疲惫、太痛苦、太孤单，从而想要就此告别人世时，我们该如何抚慰他们这颗精疲力竭的心呢?

朴钟锡：“一年前，我真的也有过想要寻死的念头。我当时觉得除了一死了之，已经没有其他选择，活着太辛苦了，但是一想到自己的父母和活着的信念就觉得此路不可行。所以，经过深思熟虑，我的选择是‘远走他乡，在险峻的大山中，走一条没有人能找到我的路’，不论结果如何，都依照自己的内心去做。

“于是我订了机票，收拾了‘极简’的必备用品，然后躺在床上辗转难眠，脑海中冒出许多疑问：我为什么要离开？我为什么想死？虽然如此，我还是努力佯装这些疑问不存在，第二天还是照原定计划去了机场……然后我回来了，好好地活到现在。”

编辑：“你做得很好。你是怎么打消‘想走向死亡’的沉重念头的呢？”

朴钟锡：“在我一心寻死的另一端，或许有一颗迫切想要活下去的心吧！我想要对别人说出我的故事——说说我的身心有多疲惫，任何人都好，我多么想得到他人的安慰，但是因为我所谓的自尊心，我不想向我在医科大学的同学或前辈求助，于是经过一番深思熟虑，我给已经二十多年没联系过的初中同学打了电话。他目前在大邱担任精神科医生。我一五一十地向他倾诉了自己的内心感受，情绪激动不已，好不容易才宣泄完毕……听完我的话，这个同学说不能让我独处，要我马上去大邱找他。我当天去了大邱，因为觉得只要去没有人认识我的地方就行了。”

编辑：“你的那位同学应该会很好地帮助你克服这种心理障碍吧？”

朴钟锡：“是的。我的同学为了不让我因独处而胡思乱想，就把自己的房间让给了我，还把内心自闭的我拉出来‘重见天日’：当我垂头丧气地只想待在家里时，他总是邀我穿上球鞋去踢足球，还硬拉着我去爬山，带我去湖边深呼吸、散步……我们重新去做日常生活中那些不足为奇的小事，这让一度想要寻死的我心里逐渐充满了继续活下去的激情。

“其实最重要的是，我真的很感谢世界上有这么一个人，把我当成‘人’来看待，更何况，时隔二十多年我突然联系他，他还像我的老友一般，对我倾注了大量心血。经过三个月左右的时间，我明显感受到自己的抑郁症状有所好转，虽然还没有完全恢复到正常状态，但至少不像以前那样一心想死了。

“通过当时的经验，我意识到，不是只有伟大的爱才能够拯救和治愈我们。朋友的安慰、路人不经意间的亲切对待等，这些都可能成为打开生命之门的钥匙，成为希望的种子，成为让我们从谷底爬起来的动力。”

金惠男：“是的。当我们真的累到‘感觉人生了无生趣，想要一死了之’的时候，就会试图找到那个能让我们活下去的人，就像朴医生打电话给自己的初中同学一样，有自杀企图的人会想要打电话给某个人倾诉。此时，只要对方愿意听听这个人的故事，愿意接受这个人，原本一心求死的冲动情绪就会慢慢减弱，这个人的心中会重新充满希望。这样就会让人从想要一死了之的抑郁泥沼中重新回到生命的起点。离别或背叛等事情让我感到极度痛苦和悲伤，也是从那个人接了我的电话、听完我的宣泄之后，我重新燃起了对人的信任和希望。

“在相反的情况下，当有人向我们求助时，我们也应该积极地伸出援手，因为担任救命的第一根绳索的角色非常重要。事实上，如果有人接了想要自杀的人的那通电话，其不死的概率很高。但是，在想要自杀的人最后挣扎时，如果没有人肯对其伸出援手，想自杀的人就会放弃自己的生命，这真是相当令人惋惜的事情。”

编辑：“几年前，我的好朋友自杀了。不过就在他自杀的前几天，他曾经打电话给我，跟我说：‘我很想你，我们见个面吧……'当时我任职于出版社，行业竞争非常激烈，加上我那段时间工作太忙，工作日根本抽不出时间。因此，我对他说：'我也很想你，但现在情况就是这样，我们周末再见面吧。周末见了面，我们聊个通宵吧。'然后，我们就约好那周的周六再见面，结果那个朋友在周四就离开人世了。

"我真的觉得太对不起他了。朋友已经打电话给我了，我却没有及时给予他帮助，甚至连他对我发出的求助信号都没发现……"

金惠男："没能感受到朋友对自己发出的求助信号，确实很令人惋惜，但是绝对不能把此事归罪于自己。我们都不是神，不管再怎样竭尽全力地去生活，也有很多事情无法如愿。不管我们再怎么爱对方，有时候这种爱也是错的，甚至会伤害对方。而且，我们有时还会由于自身状况不允许，或者来不及感受到对方的信号，而无法立即抓住对方那双求助的手。归根结底，我们能做的，就是时时刻刻热爱生活，全力以赴。"

朴钟锡："我是一名精神科医生，在别人眼里我有着非常美好的生活，但就是这样的我也有痛彻心扉的时候，甚至因为自己无法走出困境而想要自杀，并且出于生存本能而向别人求助，在被别人紧紧地抓住而走出人生低潮期后，现在不是还好端端地活着吗?

"从这层意义上来说，抓住我的手的那位朋友是非常值得我感激的，算是我生命中的恩人吧，因为他是给我力量让我'重生’的人。然而遗憾的是，有些人在遇到困境时可能连一个可以求助的朋友也没有。此外，有些人也无法像当时的我一样，可以抛开一切逃到陌生的环境，过几个月再回来。我觉得他们比我活得更辛苦！”

编辑：“没错。更让人担心的是，目前一些二三十岁的人似乎习惯独处，而且追捧离群索居的文化也正在这个年龄段的人群中扩散。虽然独立生活有一定的好处，但是如果一个人完全与世隔绝，那么他在最艰难的时刻很可能找不到一个可以联络的人，因而结束自己的性命反而成了结束痛苦最便利的途径。我觉得人最好能够稍微敞开心扉，走出自己的世界，与别人建立联系。”

朴钟锡：“虽然现在年轻人常说‘一个人真好’，然而事实上，这似乎是想要‘一起生活’的心理悖论的表现。因为他们不想承受被别人排斥在圈子之外的痛苦、失望及落寞情绪，所以故意说‘一个人真好’。

“而且与所爱的人离别或是遭到对方背叛的痛苦，不是失去对方的一种失落感，而是一种自我丧失。当‘我’消失的时候，我们的自我价值感会变得非常低，觉得一切都变得让人恐惧，甚至不敢伸手求助。我觉得需要教会大家遇到困难时向他人求助的方法。”

金惠男：“我抱病写书，也是为了帮助人们走出痛苦的深渊。

面对那些饱受抑郁症等精神疾病折磨的人，我和他们分享自己的故事和方法，跟他们一起寻找‘今后该如何是好’的答案。若是我通过与他们进行沟通，能够给他们黑暗的心里带来微弱的亮光，为他们找到活下去的希望，则吾愿足矣。”

朴钟锡：“我非常认同金医生的这番话。有时候真的不知道要去哪里、向谁诉说‘我是如此痛苦’，那些故事就连对精神科医生也无法轻易说出口，说不定有些人就和当时的我一样呢。我想对这些人说，希望我的故事能成为他们内心的慰藉，成为其重新开始生活的动力。就像一根小小的稻草能够点燃落水者求生的意志一样，如果我的故事能够成为别人重拾人生希望的亮光，也就足够了。”

恐慌障碍

骤然来袭的不安恐惧

很多人认为恐慌障碍是
“无法预料也难以掌握的巨大恐惧”，
如果认为它很可怕，
它就会变得更可怕。
因此，患者反而要拥有
“可以好好安抚及调整自己身心”的自信心。

“奇怪，心脏怎么突然有点儿疼？呼吸也很急促，全身冒冷汗，这到底是怎么回事？！”

有一天，一个人的呼吸突然无缘无故变得急促，胸口感到剧烈疼痛，手脚发麻，直冒冷汗，甚至头晕目眩。他心想：自己的身体究竟是哪里出了问题？这个疑问随即引发他产生“会不会就这样死去”的极度恐惧心理，他甚至会出现失去意识的情况。

人在感知到危险的情况下，大多会呼吸急促，全身冒冷汗，恐惧感袭上心头，这是亟欲逃离危险时身体所产生的本能反应。然而，一个人在完全没有受到外界威胁的情况下，若随时会出现以上症状，那就要怀疑他是不是患上恐慌障碍了。

所谓恐慌障碍，是指一个人在毫无预兆的情况下产生严重的焦虑情绪，身体也伴随着出现各种症状。这是焦虑症的一种，十多年前就被医学界发现，经由几位知名艺人呼吁而逐渐被大众熟知，现在几乎成为韩国家喻户晓的一种疾病了。

恐慌障碍是一种常见疾病，平均每一百人中有三至四人患病，女性患病率约为男性的三倍。恐慌障碍尤其多发于二十几岁的年轻群体中，离婚或分居的人患病的概率高于有正常家庭的人。

恐慌障碍这种疾病虽然会对我们的健康造成威胁，但更大的问题在于，此病症通常会持续加深患者焦虑的程度，由此引发其他种类的焦虑障碍或抑郁症的风险很高。

◑ 秀珍那不请自来的“扑通扑通病”

几年前，秀珍的身体就出现了心脏会瞬间剧烈跳动的症状。她无法确定这种症状是从何时开始的，并且一直被“突然心脏就会怦怦直跳，胸口剧烈起伏且呼吸急促”的情况困扰。

刚开始这种症状发作的时间非常短暂，短暂得让人略感疑惑，随即将这种小毛病抛诸脑后。不过她这样的症状反复出现，每次发作持续的时间也会逐渐变长。在秀珍身体疲惫或精神萎靡的日子里，症状出现得更加频繁，持续时间也更久。

秀珍给这个莫名的症状起了个名字，叫作“扑通扑通病”，并且觉得应该没什么大不了的。虽然每次症状出现时她都会感到焦虑不安，但是还没有严重到影响正常生活的程度，她认为再严重也就是让自己变得有点儿虚弱无力，这也可能跟疲倦有关系吧，因而也没把这个症状放在心上。

两个月前的一天，秀珍要给客户做营销推广报告，因为这是经常做的分内事，所以她没有太大的心理负担。而正要开始时她突然发现原本准备好的最终版本的资料文件有问题。尽管优盘和电子邮件里也有备用文档，但两者存储的都不是最终版本。更要命的是，当时公司的无线网络偏偏又出了问题。结果秀珍让客户等了三十多分钟才正式开始做报告。

“对不起，真的非常对不起。”

当天秀珍不得不以“对不起”一语来开始及结束自己的报告。她一边冒冷汗一边做报告，结果不出所料地把这事办砸了。不但没有签成合约，秀珍还被上司叫去口不择言地训斥了一顿。

自那天之后，秀珍的“扑通扑通病”发作得更频繁了，病症变得更加严重，并且持续的时间也更长了。由于心脏疯狂跳动，她不得不大口喘气，直到发白的脸色变得红润为止。一旦出现这样的症状，她连自己的身体都支撑不住，只能瘫坐在座位上或趴在桌上，大口地喘气。

“这是怎么了？是舞台恐惧症还是心理创伤？或是压力太大？”

身体出现这种疼痛症状的原因尚不明确，然而让秀珍感到苦恼的是，这种症状出现的频率不可预测且没有规律。起初她以为这是在做报告或在重要签约事宜之前内心过度紧张所致，但是这种症状无任何征兆、不分时间和场合，随时会发作。她一个人在家的时候、和男朋友看电影的时候，甚至躺在床上要入睡的时候，这种症状都有可能发作。症状发作时，持续时间有时仅有十秒，有时长达二十分钟。症状发作期间，她会觉得胸口很闷，有种正常呼吸被阻碍了的感觉，手脚也不由自主地颤抖。

“最近哪里不舒服？有哪里会疼吗？”

由于症状出现得越发频繁且病情加重，家人、朋友，甚至同事对秀珍最近身体出现的问题也有所察觉。因症状严重到连周围的亲朋好友都感受到了，秀珍也为此担心起来。她通过网络查找到此类病症的信息后，发现自己的这些症状与恐慌障碍的症状类似。虽然网络相关资讯上写着“此病症需要咨询医生”的字眼，但不知怎的，她心里很排斥接受精神科的相关治疗，决定考虑一下看看情况再说。

第二天，在乘地铁上班的途中，秀珍的“扑通扑通病”再次发作。她这次突然觉得恶心想吐、头晕目眩、全身无力，想叫别人帮忙，但是怎么也发不出声音。她的意识虽然很清醒，但就像喝醉酒的人一样，身体无法由意志支配了……紧接着呼吸也变得急促，她心中突然涌现出一股对死亡的恐惧感，没过多久就昏倒在地，不省人事。

◑ 濒死感骤然来袭的恐惧：恐慌障碍

恐慌障碍的英语名称是“Panic Disorder”，回想起我们常说的“陷入恐慌”的情况，我们就很容易推测出这种疾病所带来的恐惧感及其意义。1832 年，英国心脏内科医生 J. A. 霍普首次确认恐慌障碍这种病症的存在。在前来治疗因心脏跳动太快或心脏跳动不规律而出现心悸症状的患者当中，他注意到其中一名患者呈现出与众不同的神经症状反应。这名患者对外界表现出极度恐惧及焦虑不安的反应，且持续陷入“自己会死于心脏病”的荒谬想象之中。霍普医生在给他检查时发现，这名患者的心脏没有任何先天的毛病，但患者始终不相信霍普医生的话，因处在恐惧的状态中而痛苦不堪。随着时间的流逝，患者感到更加焦虑和抑郁了，负面的想法也更加强烈。

曾被称作“焦虑心脏病”或“敏感心脏病”的恐慌障碍，在 20 世纪 40 年代方被医学界确认不是内科问题，而是心理及精神方面的问题，并被视为焦虑反应之一。其后美国哥伦比亚大学的唐纳德・克莱恩认为，恐慌障碍并非普通的慢性焦虑症，而是突如其来不可控的严重焦虑症，是一种新型疾病。

虽然也有恐慌障碍是受遗传、末梢神经系统的过敏反应或机能亢进等因素影响而产生的假设说法，但是防御机制上出现问题会让人无法控制自己的焦虑情绪从而诱发病症的主张其实更具说服力。也就是说，尽管每个人都会有焦虑不安的情绪，但是同种类、同强度的焦虑不安情绪，可能对普通人来说没什么，对恐慌障碍患者而言，却很可能对他们的心理造成严重的影响。

大考前一天，大多数高三学生会出现失眠、过度紧张、恐惧、心跳加快且不规律等症状，但其中有些人的症状很严重，甚至出现在考场上晕倒或引发恐慌症的情况。因为他们的心理承受能力非常弱，所以在别人看来即使是一些很小的事情也会使他们感受到极大的恐惧。

恐慌障碍常发生在性格内向，或是很难站在舞台上的人身上。也许正因如此，起初学术界的人将之理解为类似舞台恐惧症的疾病，认为当许多人的视线突然集中到自己身上时，这些人感到紧张、有压力，疾病才会发作。但如今恐慌障碍被认定是与舞台恐惧症毫无关联的另一种疾病。

因恐慌障碍而痛苦不堪的这些人的共同点是对外界的刺激非常敏感，其反应的程度也相当大。当然，我们从表面上可能看不出他们有什么异常，因为这类人基本上不会主动对别人表达自己的情感，而倾向于用“忍耐或压抑”的方式去处理问题。

倘若他们未及时将焦虑的情绪宣泄出来，这些情绪终会在某个瞬间如同满壶水被煮沸一样溢出，变得一发不可收拾。这种情绪一旦爆发，我们的身体和大脑就会“记住”这个发作过程，并且对此产生恐惧心理，预期性焦虑便由此得名。预期性焦虑的意思是因害怕可能发生让自己焦虑不安的事而惶惶不可终日。预期性焦虑还会形成恶性循环，导致焦虑不安变成一种习惯，这是非常严重的问题。

有一句虽然是陈词滥调，但是很有用的话：“一朝被蛇咬，十年怕井绳。”曾出过严重车祸的人，在街上只要看到汽车经过自己身边就会害怕到瑟瑟发抖的程度。这么一举例，我们应该更容易理解。

若一个人反复经受这种焦虑不安的情绪，在焦虑不安时的反应也会越来越大且越来越夸张，最后演变至难以收拾的局面。比如“我肯定会考砸”“我找不到工作了”“我的人生完蛋了”等想法，会在我们的脑海中形成不好的模式，循环下去。这种负面且扭曲的认知快速又强烈地形成，即便旁人一再以“没关系”“不会有事的”之类的话安慰他们，也无济于事。

◑ 请放心，你会没事的

对恐慌障碍患者最有效的治疗方法是改变他们的认知。改变认知最重要的是矫正其扭曲的观念，使其摆脱负面思维及无法克服的恐惧感。首先，我们必须反复跟患者说“不要紧”，且以实际行动将“没什么事”的感觉传达给对方，这一点非常重要。以秀珍为例，在她的恐慌障碍发作的时候，若男朋友能在她身边牵着她的手，或者抱着她让她感受到温暖，这对稳定她的病情有很大帮助。

值得患者信赖的家人或朋友在其身旁拥抱、轻拍安慰，或者说一些类似“没关系”的话，这是防止病情恶化的第一个方法。由于恐慌障碍发作时大部分患者会出现“过度呼吸症候群”，因此引导他们慢慢地深呼吸亦有助于缓解病情。

然而，恐慌障碍一旦开始发作，大部分患者不但听不进任何人的劝慰，也很难跟着引导者说的话去做，因为他们正处于极度兴奋或慌张的状态。在这样的状态下，如果我们适时地抓住患者的手或肩膀对他说“跟我一起做吧”，然后与患者一起进行深呼吸会更有效果：慢慢地吸气，再慢慢地吐气，反复做十次深呼吸。

大部分患者一开始会咳嗽或无法深呼吸。这时我们可抚摸其背部，或是拥抱鼓励他们，然后再次让他们做十次深呼吸，之后再慢慢地试着跟患者进行言语沟通。反复做几次这样的深呼吸之后，他们的呼吸速度就会逐渐恢复到正常水平，患者也能好好说话，发作时的症状就会大大缓解了。

恐慌障碍是任何人都可能患上的一种疾病，因此我们有必要熟悉其症状及应对方法。倘若平时没有关于该疾病的相关知识，当家人或朋友出现恐慌障碍的症状时，身边的人可能会比患者更加惊慌失措。他们会边叫着“怎么会这样？你哪里不舒服？振作点儿”，边摇晃或强硬压制患者的身体，这些错误的做法会使患者的情况变得更危险。

倘若周围的人对恐慌障碍所引发的症状感到惊慌或反应过度，当事人可能会受到更大的惊吓。因此，根据患者的状况，采取缓慢且慎重的应对方法就显得尤为重要。当患者看到周围的人在自己发病时冷静的反应，也会相应地平静一些，进而在双方的努力下逐渐摆脱恐慌的情绪。

患者在做深呼吸时也一样，与他们亲近的人在其旁边反复说着“没关系，没事的”这类话会很有效；同时让患者一边想着“我没事，我很安全”，一边做深呼吸；等患者的情绪稳定到一定程度后，请他们直接把“我没事，我很安全”这句话说十遍。

我们应细心观察患者的情况，将周围可能会伤到患者的尖锐物品及时清理掉，关掉电视或手机等会发出声音的设备，哪怕只是手机铃声突然响起也可能成为让其焦虑症状恶化的因素。周围环境达到一定程度的“静音”之后，患者可以慢慢移动到能够安坐、倚靠或躺下来的地方。

以上是针对恐慌障碍患者病情发作时的紧急处理措施，虽然不完美，但效果很好。当然，这些只是应急措施，患者若想根治，必须接受相关专家的正确诊断及治疗才行。恐慌障碍，仅通过药物和咨询就能获得相当好的治疗效果，也是可以治愈的疾病，所以我们不必对其过于担心。

除了恐慌障碍病情发作时的应急措施外，为了让患者在日常生活中保持情绪稳定，家人或朋友的帮助非常重要。恐慌障碍患者总想逃避令自己病情发作的情况或远离发病时的场所。秀珍在病情发作后，也经常产生逃避乘坐地铁的想法，虽然也可能是因为人太多产生了恐惧心理，但根据推测，这极大可能是因害怕被关在地下、列车这种狭窄封闭的空间里而呈现的反应。

为了克服恐慌障碍，秀珍和她的男朋友一起练习乘坐地铁，往返一两站来强化她的心理承受能力。经过他们的努力，她现在可以自己搭乘地铁行进较长的距离，状况已较为稳定。虽然进展有限，但是她慢慢地学会了如何面对自己突如其来的病态恐惧心理，以及处理外界刺激与内心不安的方法。

◑ 恐慌其实是自己想象出来的恐惧心理

在恐慌障碍的治疗方面，患者本人的意志比家人和朋友的协助更为重要。由于恐慌障碍的发作不分时间、场所，患者会毫无预警地骤然出现相关症状，很多时候可以给予自己帮助的家人或朋友并不是刚好和自己在一起，因此患者平时有必要像念咒语一样背诵“我没事，我很安全”这类话，在恐惧中抚慰自己。此外患者也要随时进行深呼吸的训练，以便在恐慌症状出现时及时运用。

很多人认为恐慌障碍是“无法预料也难以掌握的巨大恐惧”，如果认为它很可怕，它就会变得更可怕。因此，患者反而要拥有“可以好好安抚及调整自己身心”的自信心。患者在病症发作的一瞬间，想冷静地进行深呼吸或自我暗示等是非常困难的事，应让他们在因恐慌障碍而受苦时，最先想到的不是死亡或恐惧等负面的东西，而是他们所爱的家人和朋友，以及自己一定会没事的正向信念。这种信念若能成为力量，就能消弭他们濒死般的恐惧心理。

如同秀珍经历过痛苦而现在的状态稳定一般，许多人过于畏惧恐慌障碍，但事实往往没有想象中那般严重。那些曾经紧紧逼迫自己的恐惧心理，事实上可能是由自己想象出来的，只要能体悟到这个事实，我们就能轻松地获得解脱。

抑郁性人格

给刻意不幸，总是抑郁的你

道德受虐狂的道德意识太过“泛滥”，
他们常常不顾及个人的利益，
认为自己毫无价值可言，
为了洗刷负罪感而独自背负沉重的包袱时，
心理肯定会出问题。

觉得自己是不能变得幸福的人。

他们在改变现状的过程中可能会出现
害怕自己会一事无成的不安感……

幸福是我们的权利。

即使残存着童年的不幸记忆，
那也不完全是自己的错。

所谓人生，就是会发生各种无法理解、
不可思议的事情。

然而，想要克服这些事情，
找到幸福，关键就在于自己。

有一种人，一年 365 天没有一天不是郁郁寡欢的。他们满脸愁容，有气无力，佝偻着腰，背影总是显得无精打采，仿佛独自背负着世间所有的苦难。

失去笑容、表情沉重，整个人显得死气沉沉的他们，在看到那些表情快乐且过得幸福的人时，会不由自主地发出讥讽的冷笑。他们不仅视世间的快乐如敝屣，自己也无法享受快乐。

失去笑容的这些人以厌世及怀疑的态度看待世界。如果有人跟他们打招呼说："早上好！"他们会反问："有什么好的？"如果有人看着花感叹"太美了"，他们就会说"马上就会枯萎了"，给人家泼冷水。

他们有时会陷入一种无力的状态，认为这世界上既没正义，又没公平可言，在这样的世界里自己根本无法有所作为，而且会用严苛的标准去批判自己，稍有失误就会后悔不已并不断自责，导致自己痛苦不堪。有的人甚至会贬抑自己、自我虐待，说自己是个"没出息、愚蠢、一无是处"的家伙。

看到持续"衰神上身"的他们，我有时会想，他们是不是生活在墨菲定律里？而且有时候看起来他们似乎在积极地追求"不幸"。

◑ 对自己非常严苛的"后印象派男人"——宇振

宇振被同学们戏谑地称为"后印象派男人"。宇振皱着眉头沉思的时间很多，很少露出笑容。他总是郁郁寡欢，认为人生是苦行。

宇振还有一个绰号叫“正直生活的男子汉”。他一看到社会上有违道德的行为就会火冒三丈。当然，他并没有将这种情绪表露出来或与别人争论，顶多是说句“人果然是自私的，这世上没有值得自己活下去的事情”这种厌世的话。

宇振因为责任感强，会认真地完成自己的工作，却无法从工作中获得成就感或快乐。他拒绝不了别人的请求，几乎是有求必应，却又总是意志消沉地说自己什么都不行。他对自己要求苛刻，哪怕出现一点点失误，都会万分后悔且十分自责，认为自己是个“笨蛋”。

一年前，宇振交了女朋友。他们是在周末的“志工团体”里认识的。女朋友的性格活泼开朗，因为刚接触时她喜欢宇振责任感强且性格沉稳，就主动接近他。而宇振也不讨厌她，但无法理解为什么她会喜欢像自己这样的男人，总是怀疑她是不是纯粹出于好奇心才会喜欢自己。他这点让女朋友非常生气。

女朋友想尽办法让看起来总是郁郁寡欢的宇振能够感到快乐，因此不但为他举办了一些小型派对，还积极地向他表达自己的爱意，可谓用尽了心思。然而宇振只是对她所付出的努力露出短暂的微笑，似乎并不是特别喜欢或开心。女朋友对宇振的冷漠感到厌倦，最终向他提出分手。

“我是一个不值得被爱的人，女朋友也因此离开了我。我不明白像我这种没出息又没用的人，为何每天早上还能醒来，并且在这个世界上到处游荡？人生的一切都是虚无缥缈的啊！”与女朋友分手后，宇振变得更抑郁了，悲观情绪也更加强烈。

脸色苍白且疲惫不堪的宇振对空虚生活的控诉胜过失去爱人的悲伤。

若想找出导致宇振患上慢性抑郁症的根源，我们需要回到非常遥远的过去。他说从小就觉得自己很不幸。宇振的母亲当年认识了身为同公司上司的父亲，后来怀了宇振，于是开始了自己不想要的婚姻生活。父亲再三拖延与母亲去办理婚姻登记，后来母亲才知道原来父亲是个有妻子，还有三个女儿的有妇之夫。母亲生下宇振后得了抑郁症，父亲在无法与母亲分手的情况下，过着在两个家庭间来回奔波的生活。

几年后，宇振的妹妹出生，母亲因产后抑郁症加剧而住院。宇振的外婆要照顾母亲和妹妹，宇振只好到父亲的原配家里暂住几个月。在那段时间里，即便只是一点儿小事，父亲的原配也会训斥及虐待宇振。每逢此时父亲都会责骂宇振，认为都是因为他家里才会吵闹不休。

父亲每次到他们这边的家里来都会跟母亲大吵一架。那时的宇振总是抱着妹妹害怕地躲在角落瑟瑟发抖。后来父亲离开原来上班的公司自己创业，踏进宇振这边的家的次数变得越来越少，母亲就经常叫宇振到父亲的店里去要生活费。性格冷淡的父亲总会把幼小的儿子晾在店外面，让他等上好一阵子才勉强给生活费和学费。宇振对父亲的做法厌恶至极。

“我从小就一直很想死，真不明白为什么必须活着，但是母亲与我相依为命，我也无法去寻死；我觉得想死却死不了的自己太悲惨、太可怜了。”从小，他就觉得世上所有的事情既无聊又可笑，一直沉浸在这个世界是否真的值得自己活下去的困惑当中。他经常觉得自己每天都活在地狱之中，所以经常有想死的念头。然而他对因为怀上自己而不得不与父亲生活的可怜的母亲感到非常抱歉，反而致力于成为一名用功读书的好学生。

因为对母亲的愧疚感及责任感，宇振比任何人都更努力地生活，但内心别说对生活的希望了，就连活下去的理由都找不到，他感到非常空虚。他不理解那些欢声笑语的人，在某些方面甚至觉得那些人活得漫无目的，看起来都很可怜。

◑ 通过痛苦感受生存的“抑郁性人格”

宇振可以说是具有“抑郁性人格”的典型例子。宇振虽然有抑郁方面的倾向，却没有明显的抑郁症症状。这种抑郁心态逐渐演变成个人性格的情况，就是所谓的“抑郁性人格”。最近，医学界多使用“低落性情感疾患”取代抑郁性人格作为诊断标准，但低落性情感疾患具有诊断范畴相当模糊且太过广泛的缺点。

抑郁性人格表现出来的特征如下：

- 安静、被动、优柔寡断；
- 沉闷抑郁、厌世、无法感受快乐；
- 自我批判、自我谴责、自我蔑视；
- 疑心病重、经常对自己或他人进行恶意评价、满腹牢骚；

· 有良心、严于律己；

· 忧思、多虑；

· 沉浸于自己的不合适、失败等负面情绪中，甚至享受自己的失败。

有些人会把不幸理想化，或者从外在表现来看像在享受痛苦。这种人被称为“道德受虐狂”，这种道德受虐狂与抑郁性人格很相似。道德受虐狂是指那些完全不顾及个人承受能力并主动承担所有事务，却频繁出现失误、蒙受经济损失，或者人际关系失败的人。

道德受虐狂与自我谴责密切相关，他们把良心尺度过度放大，即使犯了非常微小的错误，也会有极为强烈的罪恶感。他们因罪恶感而下意识地产生想要被惩罚的欲望：由于自认为犯了错，所以理所当然地接受痛苦的惩罚。

事实上，道德受虐狂跟抑郁情绪一样，每个人身上或多或少存在一些这方面的倾向。这是我们受道德法则支配的超我在发展过程中所获得的情绪，不一定是病态及负面的。然而就像所有疾病一样，任何情绪太过度都会成为我们心理上的问题。道德受虐狂的道德意识太过“泛滥”，他们常常不顾及个人的利益，认为自己毫无价值可言，为了洗刷负罪感而独自背负沉重的包袱时，心理肯定会出问题。

对自虐又抑郁的人而言，人生本身就是沉重的负担。他们必须感受到痛苦，才会有活着的感觉。他们积极追寻痛苦的经历，认为幸福对自己来说是不存在也不被允许的，所以在快乐中反而会更加焦虑不安。我们若仔细观察他们的童年时期，会发现他们像宇振一样，无法获得正常的照顾，而且长期处于备受打击的环境中。

宇振不是他母亲自愿生出的孩子。而且因为他的存在，母亲不得不维持她不喜欢的有名无分的生活。宇振幼年时是两个家庭都不欢迎的小孩，不仅母亲由于患有抑郁症，无法照顾好他，而且外婆还把母亲的不幸归咎于年幼无知的小外孙。

刚出生的婴儿会通过哭声积极地诱导母亲回应自己。此时，母亲回应的如果不是温暖的身体接触和爱，而是忽视和厌烦的情绪，婴儿会以此经历为基础来面对世界，并逐渐形成相应的人生观念。换句话说，宇振认为无论自己再怎么努力，世界都不会回应自己，只会拒绝自己。因此，他对这个世界的观感，遑论喜悦，只感到“恐惧与艰难”。

在成长的过程中，宇振对世界抱持着负面看法，同时认为自己该对母亲的不幸负责任。他这种想法因外婆对待他的态度而更加强烈：外婆总是说“都是因为你，你妈妈才这么辛苦，这么不幸！要是你妈妈没生下你，会过得很幸福”这样的话。

像童年的宇振这样无法从原生家庭获得温暖，且长期遭受内心打击的孩子，会认为自己是无情、什么都可以破坏、会毁掉父母幸福的坏小孩。他觉得在与母亲的关系当中，自己属于蛀蚀别人的生活及幸福的寄生虫一样的角色，自己的存在对别人来说是一种负担。此外，宇振内在的愤怒情绪加深着他的罪恶感，让他觉得自己越来越坏了。他为了得到爱，为了承认罪行，将快乐摒除在自己的人生之外，并且开始寻找对自己来说困难重重的工作。

对孩子来说，父母不仅是被动牺牲者，也可能是主动攻击者。孩子会把父母痛苦的模样看作对自己的责备。他们在潜意识里会拒绝享受这个世界的快乐，同时拒绝来自父母的一切关爱，欺骗自己说父母不爱自己不是因为自己不好，而是因为自己不需要爱。这是自虐者拥有的“全能幻想”，或许也是其生存之道。

小时候被反复虐待或伤害的人，长大后会将这种伤痛当作爱来接受。即他们会认为别人给自己带来的痛苦是关心与爱护自己的表现，认为与其彻底被这个世界抛弃还不如被身边的某人欺负好一些。此外，一如前述，这种人拥有一种即使承受痛苦也会根据自己的意志来选择是否承受的“全能幻想”，借此保护自己免于承受所遭遇的痛苦和被抛弃的恐惧心理。也就是说，这种具有抑郁性人格的人，认为自己是比“承受所有痛苦”的他人更具优势的人。

◑“你完全有资格变得幸福”

宇振想要彻底治愈并不容易，许多有抑郁性人格的人会抗拒治疗。因为他们相信自己的人生不能变好，更不会获得幸福，这种信念会妨碍其痊愈的进度。甚至在治疗过程中，引发病症的一些问题得到了解决，病情反而可能会恶化，这又被称为“负向治疗反应”，因为站在道德底线上的超我，并没有给患者留出摆脱痛苦的余地。

对唯有通过痛苦才能呼吸，或是非得经受痛苦才能感受到自己还活着的人而言，从痛苦的世界走出来这条路非常困难，因为这要颠覆长久以来自己已经习惯的生活方式，并重新赋予自己存在的意义。从某方面来看，他们在这个过程中可能会产生“害怕自己变得更糟”之类的不安心理，然而只要从痛苦的世界走出来，就可以感受到这个世界的美好。从今以后，痛苦、悲伤、喜悦、快乐、幸福等情绪，他们都可以用自己的方式真实地去感受。为此，他们必须抛下恐惧，展现出具有容忍性、现实性的另一个超我面貌。

就像照顾别人一样照顾自己，就像原谅别人一样原谅自己，这是他们摆脱自身痛苦的出发点。他们在与自己和解的同时，也要相信自己能像别人一样过得幸福快乐。

想过得幸福是每个人的权利。即便脑海中残存着童年的不幸回忆，那也不完全是自己造成的，当然我们也不能因此而一味地归咎于他人。所谓人生，就是会发生各种无法理解、不可思议的事情，然而我们要正确地去面对这些事情，要知道找到幸福的关键在于自己。如果我们能够感受到痛苦，就意味着我们也拥有感受幸福的能力。

职业倦怠症候群

给燃烧殆尽，什么都没有剩下的你

如果我们感觉目前的生活真的很难的话，
干脆全都放下，
只做一两件重要的事情就好，
其他的就放弃吧！
那样绝对不会出大事，
这世界依然平稳，
仍旧运转得很好。

有时我们会非常讨厌上班，早晨裹着棉被，想着再躺一会儿，再躺一会儿就好，拖着拖着，直至反复确认时间，突然才会惊醒，开始准备去上班；有时一个星期内我们会有两三天因失眠而睡不好，直到凌晨才勉强合眼，由于身体疲惫，故而对所有事情都感到不耐烦，对朋友或家人无缘无故地发脾气，整个人变得很敏感。

90% 的人可能有星期一恐惧症，即所谓“职业倦怠症候群”。职业倦怠症候群并不是能被正式确诊的病症，而是指急性压力障碍、适应障碍、轻度抑郁症三者相关联而产生的症状。

我们勉强拖着疲惫的身子搭乘地铁去上班，还没到公司就感到精疲力竭了。平日工作忙得不可开交，周末又要做各种家务事，有休息日跟没休息日一样，我们还是感到身体非常疲惫。虽然每天都紧锣密鼓地忙碌着，但我们换个角度来说，重复做着同样的事情，令人感到厌倦且毫无乐趣可言。

尽管每个人身上的职业倦怠症候群症状所表现出来的方式不同，但其症状的共同点是“感觉自己被榨干了、精疲力竭、似乎再也支撑不住了”。在“被燃烧殆尽、什么都没留下来”的精疲力竭的状态下，我们的身体无止境地在往下沉，每一根神经都变得敏感，时刻像一把利剑刺向他人。

◑ 陷入追求完美陷阱的职业倦怠症候群

职业倦怠症候群症状主要发生在目标性强或野心太大，为了成功而全力以赴的人身上。当然，这种症状的出现虽然不是我们的人格特质所导致的，但现代社会不停地向前推进，人们也不由自主地被其驱赶着往前走，加之未能获得与劳动量对等的充足且优质的休息时间，所以潜在的职业倦怠症候群患者数量呈现越来越多的趋势。

若从科学的角度来分析，导致职业倦怠症候群发生的原因是人的身体能量来源——多巴胺和负责满足的补偿回路异常，或者压力激素皮质醇不均衡。简单地说，就是人在无法得知自己太过疲惫的状态下仍继续工作，或者明知自己已经精疲力竭，但不得不继续工作时所出现的症状。即一个人在超越体能极限的情况下继续工作时，可能会产生的症状。

就像韩国有名的广告词——“努力工作的你，离开吧”一样，通常这个时候（职业倦怠症候群出现时），周围的人都会建议我们去休息或度假。然而这是不切实际的建议，据说在职场上最活跃的三四十岁的人，一年平均休假四至五天。更何况需要肩负养家糊口的重担、有子女需要照顾的人，或是全职家庭主妇等，在休假的时间里也要被另一种意义上的“劳动”折磨。因此，除了极少数人一年能有一两个月的闲暇时间，去夏威夷或巴厘岛等安静的度假村休假，大多数人还是得努力工作。其实，休息或度假并不是我们应对职业倦怠症候群的根本方法。

即使我们明知自己很疲惫，但往往还是会说“别人都这样啊，累了又能怎么办？就算是为了薪水也要去上班”，这是极度忽视职业倦怠症候群的信号。如果我们装作不知道或无视自己太过疲惫的事实，身体和心灵就会代替主人发出信号。我们可能会对初次见面的人提高嗓门说话，语调也变得尖锐，或在鸡毛蒜皮的小事上像个斗士般敏感行事。例如：我们的脑海中会出现今天随便逮个人来，试着招惹一下对方的想法。

此外，我们还会出现开始推迟会议或业务，不愿意接受客户或上司的联系的行为。如果个人压力越来越大，我们还会逐渐产生不安和抑郁的情绪，此时必须保证充足的休息时间，让身体制造血清素，这样才能缓解大脑和心灵的疲劳。但是，我们在职业倦怠的状态下立刻去休息，这是不可能实现的事，这时自己的情绪会更激动，紧接着出现胸口发闷、慢性头痛及过敏性大肠炎等症状，连便秘和失眠都会随之而来。加上我们缓解疲劳的能力处于下降的状态，即使周末整天都在睡觉，疲惫的身心也很难恢复。

◑“享受专属于你的速度”

许多心理学书籍里会写着“别着急，边休息边找真正想做的事情吧”“不要跟别人比较，试着满足于小小的幸福吧”，然而对身心疲惫至极的人而言，古圣先贤的名言佳句不会轻易地进入他们的脑海，即使下定决心转变思想，也没有想象中那么容易。

不知从何时开始，我们的社会开始将成功视为人生的最高价值，鼓励人们要努力做、好好做、尽心尽力地去做。对辛苦又疲惫不堪、想休息的人，人们会鼓励他们要振作精神，再努力冲刺一回；对想成就某事、享受成功喜悦的人，人们会鼓励他们不要满足于小小的成就，应该朝着更大的成就奔驰而去。很少有人告诉你，可以慢慢走，休息一下再走，应该享受一下走向成功的过程。

为了摆脱职业倦怠症候群，我们的人生不该只掌握着方向盘，油门和刹车都必须完全由我们自己的意志来控制。而且我们要朝着自己所决定的人生目标奔驰，不要羡慕他人的速度，必须找到适合自己的速度才行。我们如果为了赶上别人的速度而盲目地跟着加速，最终只会打乱自己的步调。如此一来，速度的均衡感就会被打破，持续超负荷运转时，我们难免会精疲力竭。

我们若要维持自己的速度，就不能盯着他人的速度。常言道，人生就像一场马拉松，我们如果因过度加速而导致速度失调，就很难跑完全程。我们明知这些道理，却仍然会犯错，是因为我们不是以自己的速度前进，而是卷入他人的速度中被拖着走。

若决心维持自己的速度，我们就不能跟他人比较。不管别人以什么样的速度奔跑，那都是他们的速度。倘若有人因努力奔跑在某处倒下，我们也无力去扶起他们，同样，当我们因陷入他人的节奏中而使自己累倒时，也没有人会来扶起我们。如同我们的人生只属于自己一般，我们必须维持适合自己的速度：累了就休息，也可以告诉自己少努力一点儿，不用活得那么认真也没关系。

当然，我们在与他人共处的过程中，不比较也是很困难的事。更何况近年来移动互联网已经进入人们的生活，除非扔掉手机，否则我们会不由自主地与成功人士进行比较，连周末也不能安心休息。当我们听到朋友在某小区买了豪宅或到欧洲旅游一个月的消息时，自己的小确幸就会消失得无影无踪，转而深深叹一口气。我想要赚到更多的钱，就必须比现在更努力地工作吗？要不要跳槽到更能体现我个人价值的公司去呢？放弃稍有空闲的上班族生活，干脆自己创业如何？我从现在开始练瑜伽或普拉提（泛指舒缓肌肉及提高人体控制能力的运动）怎么样？如果会画画或弹一种乐器，我的生活会更充实、更有意义吗？当我们被问如何才能不像现在这样汲汲营营、过上舒适且幸福的生活时，很讽刺的是，我们总会得到“再努力一点儿，更勤奋地向前奔跑”的答案。

为了保持自己向前奔跑的速度，我们有必要“自私自利”地生活。和有职业倦怠症候群症状的人交谈时，你会发现真的有很多人过着一人分饰多角的忙碌生活。金科长既是智英的父亲，又是高中同学聚会的总务（管理后勤工作），还是整栋公寓的管委，同时扮演着多情的丈夫、宽厚的女婿等角色；黄代理既是秀敏的妈妈，又是志工团体的总务，也是在婆家爱撒娇的小儿媳妇，对小自己两岁的丈夫来说还扮演着姐姐般温柔妻子的角色。即使我们不是为了获得他人的称赞，如果想把每件事都做好，也必须整天尽心尽力，不得休息。

在夫妻双方都要工作的情况下，我们若想协调好家庭、工作与育儿之间的关系，首先要好好照顾自己。平时我们必须善于控制自己的步调，以免自身的能量被消耗殆尽，尤其在身心同时

“发出疲惫信号”时，就必须把一切抛诸脑后，让自己好好休息。在对所有的事情都嫌麻烦、一点儿欲望都没有的职业倦怠期，我们不可能一直调整得很好，并且每次都能顺利维持所承担之事的平衡。若是精神都已经崩溃，自己感到生活枯燥乏味，内心只留下郁闷和想逃跑的想法，如何还能维系好与他人的关系呢？在这种情况下，即使我们感到勉强也要迫使自己暂时远离人际关系、暂时脱离自己的角色，只专注于好好地照顾自己。

当我们沉浸于冥想或平时因一直拖延而没做的事情中时，所度过的时间即使只有几个小时，对自己而言也称得上是真正让自己放松的馈赠了。如果我们感觉目前的生活真的很难的话，干脆全都放下，只做一两件重要的事情就好，其他的就放弃吧！那样绝对不会出大事，这世界依然平稳，仍旧运转得很好。

给就算放假，也不会休息的你

面临某件事情时，

你过度担忧反而会让问题难以解决。

你要针对事件去思考并想办法解决，

不要因想得太复杂而跟其他事情扯上关系，

这点很重要。

明明躺在床上舒适地休息着，
但不知怎么回事，
脑袋运转得比工作时更加忙碌。

突然想起无法解决的事情时，
会出现嘴唇发干、手心直冒冷汗的情况。
尽管努力地想停止，
但是谈何容易？
停止！
慢性疲劳症候群是相当痛苦的，
但这些症状并不是想象出来的，而是真正的疼痛。

无论多么巨大的痛苦和悲伤，
人类都有战胜它们的力量。

拥有自信心
是战胜所有疾病的基础。

工作不顺利，难道地球会灭亡吗？
要用这种态度来让自己好好休息。

就像流行歌曲里的歌词“我的笑不是真的笑”一样，有些人即使在休息时也没有真的放松下来：他们明明靠在沙发上，或者躺在床上舒适地休息，但不知怎么脑袋运转得仿佛一个夜间还在工作的工厂，里面持续传来轰隆轰隆的响声，突然想起无法解决的事情时会嘴唇发干，手心冒汗……尽管他们努力地对纷乱的思绪喊着“停一下”，但是谈何容易？如果可以的话，他们真的很想从混乱的思绪中抽离，逃到远远的地方。

现代社会不让人闲着没事做。虽然工作太多可能导致我们的身体十分疲劳，但更重要的是心灵无法彻底得到放松——不断袭来的外界刺激让我们的神经无法放松下来。上周末与父母通话时没好气地说过的话，一个星期都像沉甸甸的石头般压在我们的心头；早晨上班途中与妻子斗的几句嘴，就像吞下的苦药丸般不断地在我们的脑海里散发着“苦味”……不仅如此，正在进行的团队项目没有进展，我们似乎也像自己犯了错一样感到抱歉，近来越来越觉得上司的态度很让人厌烦……不知不觉间与同事们展开的竞争、让人心里不舒服的细微情绪、需要解决的鸡毛蒜皮的事等，这些似乎无时无刻不重重“按压”着我们的脑袋。身体的疲劳可以通过休息来恢复，但是紧绷的神经丝毫没有放松的迹象。

◑ 从头到脚都疼痛疲惫的善英

如今已 35 岁的善英育有一个 7 岁的女儿。善英从一年前开始就很容易感到疲倦，觉得可能是因为体力变差，便开始尝试着做运动，但还是经常感到身体沉重，十分不舒服。在举办祭祀或庆祝节日等大事后，善英经常出现病倒的情况。而从 6 个月前得了重感冒开始，她的身体每天都处于几近瘫痪的极度疲劳之中。

她下班一回到家，就立即倒在床上，身体沉重到无法动弹的地步。休息一会儿，好不容易给女儿准备好晚餐，她再次躺回床上，但感觉自己的肩膀总是像被石头压住了一般沉重，身体就像被锤子敲打似的每个地方都痛。不仅如此，她的头上像是戴着金箍，被勒得又紧又痛（犹如感冒的人觉得脖子非常僵硬），有时对声音也变得十分敏感，不仅是电视的声音，甚至对心爱的女儿的说话声都感到厌烦。

善英在公司里也常常变得神志恍惚，无法集中注意力，计算数字时会忘记中途对好的答案，有时甚至因为健忘太严重而遗失物品。

她的身体像灌了铅一样沉重，晚上睡眠不足的日子越来越多：她就像被某种神秘力量拖入地狱一样，起床时感觉非常吃力，稍微做一点儿事就感到疲惫不堪；工作过程中一定要休息一下；渐渐地连说话都变得很费力，跟别人没说上几句话就会感到精疲力竭。

“周围的人问我是不是工作太累了，劝我先暂停工作休息一下，可能是这个缘故吧，我决定辞掉工作休息一下。但是不知怎么回事，即使没去上班，我还是整天都感到极度疲劳，整个人无法动弹。”善英怀疑自己是不是肝脏或甲状腺出了问题，所以到医院接受检查，但是医生没有查出她的身体有任何异常。医生说，她的这些症状可能是运动不足或脑神经紊乱造成的，建议她多做运动。她根据医生的建议，坚持不懈地让自己“动”起来，然而结果是疲劳感更加严重，丝毫没有好转的迹象。她想可能是身体虚弱的关系，所以试着吃补药，但一样毫无效果。对她这些行为看不下去的丈夫还指责善英“是不是装病”，甚至对她感到厌烦。

善英在机关单位负责处理民众请愿的相关工作。她平时性格内向，为人谨慎，不太会拒绝别人。所以只要有人拜托她帮忙，她常会不假思索地答应并为对方解决所有问题。因此她获得了同事和请愿民众的一致好评，大家都认为她“亲切又踏实”。

来到医院接受治疗时，善英脸色苍白，身体瘦削，整个人显得有气无力，声音微弱（毫无自信地喃喃自语），对她来说连说话都是非常吃力的事。

“我的生活从来没有感到轻松快活过，去年更是雪上加霜，我感到特别辛苦，身体如此，心灵也是……”

善英去年因为工作晋升问题承受了很大的压力，但最终还是被挤出了晋升的行列，受到很大的挫折。加上一直帮助她照顾孩子的妈妈腰部受伤，婆婆一边帮忙照顾孩子，一边开始干涉她的家务事，因此她即使下班回到家身心也无法得到放松。善英的体质原本就比较虚弱，加上从早到晚精神一直处于紧张状态，长时间的疲劳，让她从 6 个月前得了重感冒开始，出现了整天都觉得极度疲劳的症状。

◑ 身体千斤、头是万斤的“慢性疲劳症候群”

疲劳大致可分为身体疲劳和心理疲劳两种。适当的身体疲劳可赋予我们活力与幸福感，例如：完成了某事的成就感会促进食欲大增和深度睡眠，以及使我们对即将来临的休息充满期待等，这些感受会激励着我们对生活产生欲望。但是身体无法承受的过度疲劳会演变成痛苦和疾病，因此我们一定要及时察觉身体发出的信号，必须适当休息，以免积劳成疾。

与肉体上的疲劳感相比，真正的问题在于精神上的疲劳感。肉体上的疲劳感可以通过好好休息而得到缓解，但精神上的疲劳感并不是通过休息就能缓解的。此外，若精神上的疲劳感越来越严重，会引发肉体疲劳：总是在脑海中挥之不去的担忧，长此以往可能会发展成焦虑症，使我们不光是在休息时间，就连夜里也辗转难眠。倘若我们一直承受这种慢性压力，就会身心俱疲，并且容易生病。

原因不明且临床医学上无法解释的疲劳感持续 6 个月以上，或反复发作，医学上称之为“慢性疲劳症候群”。患有慢性疲劳症候群的人，除了有因疲劳感导致活动力下降的症状外，其记忆力或注意力也会变差，喉咙肿胀、颈部周围的淋巴结肿大，有时也会觉得疼痛，此外，也会感到肌肉痛、关节痛和头痛，而且整个人像被雾笼罩般，有种恍惚的感觉，睡觉也不安稳，稍微做一点儿事就感到很疲倦。

慢性疲劳症候群是每一千人当中就会有一人出现的症状，易发于20岁至40岁之间，女性患者数量比男性多两倍以上。该病的起因包括病毒感染、免疫力下降等多种可能性。虽然至今仍未有明确的事实根据，但近来压力逐渐被认为是导致该病的重要原因之一。

很多慢性疲劳症候群患者在青春期前有过不安的经历，因此对刺激反应敏感，发痛物质分泌增多，结果他们对他人能够轻松承受的微小刺激也会反应激烈，进而感到身体疼痛。

此外，他们对压力也会产生非常敏感的反应。适量的压力可以成为我们做好准备及发展的原动力，但是像患有慢性疲劳症候群这样的患者，他们害怕接受多种刺激，也无法应对沉重的无力感，小小的压力都会像滚雪球一样扩大而让他们变得苦不堪言。对他们来说，这个世界非常可怕，充满忧虑和担心，因此他们总是处于紧张状态，压力的强度或持续时间往往会达到常人难以想象的地步。

慢性疲劳症候群患者被长时间的紧张与痛苦折磨，其身心必然疲惫不堪。他们会有“休息一下应该会好一点儿吧”的想法，但慢性疲劳症候群患者所感受到的疲劳并不是过度劳累所致，因此休息并不能使症状有所改善。

慢性疲劳症候群是一种相当痛苦的疾病，无论患者怎么检查，也无法发现异常，各种药用尽也没什么效果，还无法获得周围人的理解。然而，患者的症状并不是想象出来的，而是真正的疼痛。让他们承认自己真的生病了及感到疲惫是治疗的第一步。

为了减轻患者身体的疼痛及疲劳感，医生首先必须开一些减轻肌肉痛和关节痛的处方药物，然后让患者适当地减少工作量。

另外，患者有必要进行适当的运动，帮助自己恢复体力，并减少压力。

80% 的慢性疲劳症候群患者会表现出抑郁症的主要症状，医生无法明确区分这是不是因慢性疲劳而导致的二度抑郁。更重要的是，即使患者自己没有觉察，还是会经历抑郁症阶段。如果从这些症状的本质去深入挖掘就会发现，他们童年时期堆积的抑郁情绪已经根深蒂固了。

患者出现抑郁症的症状时，虽然服用抗抑郁药或抗焦虑药会有所帮助，但其效果只是暂时性的。患者应该同时接受适当的心理治疗，这样才能让症状有所改善。此外，患者彼此之间可以组成互助群体，相互交流信息、分享经验，并彼此鼓励以赋予希望，这些对病情的好转也将大有帮助。

◑“只有吐露出陈年的抑郁，身体才会变得轻松”

“才这么一会儿时间，我又累又痛，都快昏倒了，为什么大家还是觉得我在装病呢？”

善英的家人和朋友们无法理解她，他们认为善英的疼痛是装的，善英对此感到愤怒。医院找不出明确的原因，就无条件地把原因归结为神经质，这也让她非常生气。

为了善英的治疗，我们需要她的家人的理解与协助，于是我进行了家庭访视。我向善英的家人说明她的症状不是想象出来的，而是真的生病了，并详细说明善英的状况，也对他们强调善英需要适当运动及有规律的休息。

与善英的家人面谈后，丈夫的态度略有转变。他不再指责善英是“装病”，也开始帮助她做家务。只是丈夫这种小小的变化，就让善英觉得疼痛减缓许多。

“也不是特别抑郁，但也没什么值得开心的事。就是对自己的生活没有任何感觉。”

在指导家人给予理解和协助的同时，我也尝试给善英开了处方药。她在咨询谈话中，没有表现出明显的抑郁情绪，却表现出了凡事无精打采、无法感受到任何乐趣、没有自信心、不知道以后怎么活下去的无希望感。

我推测她的慢性疲劳症候群的病根具有抑郁症的成分，因此开了抗抑郁的药。而且因为她长时间在生活中压抑自己，内心的矛盾应该很多，于是我开始对她进行精神治疗。

“我的生活没有什么大问题，跟别人比起来也不算太累。三十多岁的双职工夫妇都一样，每天除了上班，就是回家后做些琐碎的家事而已。我之所以感到疲倦，或许是因为身体有问题或者体力不支吧！”

在刚开始进行精神治疗的几个星期里，善英主要提及的都是自己身体的问题。但随着咨询的深入，她内心的悲伤开始逐一释放。她吐露了来自丈夫的冷漠、婆家的压力与她自身的孤独感，还有同时兼顾工作和家庭的难处。她也承认，过去这段时间自己感到非常吃力。

善英逐渐开始讲述自己小时候的记忆，重温了她对经常把

“辛苦”两个字挂在嘴边，但对养育孩子相当消极的母亲的回忆。母亲的个性内向又消极，她为家庭付出很多，掌管着家里大大小小的事务，为家事所苦，父亲却无视这样的母亲。

善英是两女一男当中的长女。母亲对女儿们不太关心，但对最小的弟弟呵护备至。善英从小就经常生病，但未曾有过被母亲温柔照顾的记忆。谈及对女儿生病只觉得麻烦而且烦躁的母亲，对女儿的学习同样漠不关心的母亲，甚至做错事也懒得批评教育的母亲……善英对母亲的爱恨之情涌上心头，她第一次流下了眼泪。

相较于这样的母亲，父亲对子女的问题则是过度反应，他想掌管子女的所有事情。善英当然只能依靠父亲，为了获得父亲的关心与认可，一直认真学习，始终保持名列前茅的成绩。但同时，她也对是否能一直保持这样的好成绩而感到担忧及不安。

“虽然我怨恨妈妈，而且努力想得到爸爸的认可，但越是这样，越觉得空虚。”

在谈话的过程中，善英开始意识到父亲挡在了子女与母亲之间，也承认自己非常想念母亲。

通过这些回忆，善英原本没有表情且疲惫的脸上露出了真实的表情。随着再次体会到过去的自己有多辛苦、孤独、生气，善英在心理咨询过程中放声大哭，正式面对自己内心深处的抑郁情绪。这是件好事，她越能发泄出这种情绪，身体的疲劳症状就会越轻。

当然，在心理咨询之后，善英仍然会感到疲劳和肌肉疼痛等，然而这种痛苦不再让她无精打采。而且最大的变化是，善英不再害怕自己的身体症状，反而重新找回自信，认为可以适应自己的身体症状并调整生活，症状也会跟着好转。善英目前仍然小心翼翼地照顾着自己的身心，且已经找回自信心，并逐渐抱有希望，相信自己也能如愿地做想做的事情。

◑ 不管怎么样，地球都不会灭亡

无论多么巨大的痛苦和悲伤，人类都有战胜它们的力量。拥有自信心是战胜所有疾病的基础。慢性疲劳症候群也是如此，除了获得家人或周围人的认同与支持之外，患者本人的意志也非常重要。

慢性疲劳症候群患者最大的问题在于，他们往往对发生在自己周围的事情感到恐惧，而恐惧是疲劳感的诱因。在恐惧的环境中，我们只会感到紧张，并且变得疲劳，但若能冷静地思考，将会发现那并非多么可怕的事情。

就算没有认真完成工作，被上司训了一顿，你也不会因此濒临死亡，地球也不会因此灭亡，不是吗？况且上司也不会因这么一点儿小事就开除你。即使冰箱没整理好、客厅乱七八糟，婆婆也不可能因此而加害于你。难道她会把你赶出家门，或是要求你离婚？撼动你的人生般的恐怖状况，有时并没有想象中那么容易发生。

此外，你的担心也不能解决问题。面临某件事情时，你过度担忧反而会让问题难以解决。你要针对事情去思考并想办法解决，不要因想得太复杂而跟其他事情扯上关系，这点很重要。即使事情没有解决，回到家里或者休息时，你也必须忘了那件事。

在公司已经发生的事情，无法再挽回的问题，我们下班后坐在沙发上一想再想，还能想出什么好办法呢？我们还不如将时间花在放松身心、好好躺在沙发上休息这件事上。若是我们内心忐忑不安，这样会导致我们既休息不好，也无法入睡。相反，如果我们斩断所有纷乱的思绪，充分休息过后，用清醒的头脑去面对工作，则更容易解决问题。

偶尔需要有“工作不顺利，难道地球会灭亡吗？”的想法，用这种态度来让自己好好休息。不要让慢性疲劳在我们的身体和心灵中累积，这才是患有慢性疲劳症候群时保护自己的方法。

说谎癖

给无视自己的幸福，活在他人关注下的你

患有戏剧性人格障碍的人，
为了吸引周围人的注意，
经常会表现得很夸张，
鸡毛蒜皮的小事也会大声嚷嚷及痛哭流涕，
就像在比赛中获得胜利的人
一样激烈地欢呼。

当一个人充满错误的自恋和炫耀欲时，
就会以别人的眼光来评估自己的人生。

究竟应该选择接受现实，然后变得抑郁，
还是选择沉醉于虚假的幸福中？
其实这是一个比想象中更加困难及复杂的问题。

别人再怎么有影响力也是别人，
我的生活主体最终还是我自己。

有些人总是活在别人的目光里。对只有一次的生命和人生，他们不用自己的视角，而是以别人的眼光来评估自己的感受及幸福。

他们在与朋友、恋人、家人共餐时，一边喊着“等等”，一边按下手机的拍照键。将品尝美食的快乐以及与珍惜的人共度时光的幸福感都抛诸脑后，他们只关注向他人展示自己打造好的形象。他们甚至以种种谎言来包装生活，致力于展现出美好的一面。因为唯有如此，大家才会羡慕并认可他们。

无视自己的人生而活在他人的目光中的人，通常被称为“关种”。所谓“关种”，是“关心的种子”的缩略语，指希望得到他人关注的欲望已达到病态的地步。2010 年以后，这个用语在青少年之间像流行病一样广泛蔓延，也被媒体广为使用，后来干脆变成了专有名词。

如今，比起“想得到关注”这个名词的本义，它更多地被用在负面的地方，有讥讽及看不起特定对象之意，也常与关爱缺乏症、中二病和说谎癖等词语一起使用。

不管愿不愿意，我们都有与他人攀比、希望得到他人关注的欲望，这是人的本性，是不容易改变或放弃的事。加上人是群居动物，无法离群索居，因此适度地引人关注，也会成为维持生活动力的要素。然而过分执着于他人的关注，稍有不慎就会有失去自我的风险。

有些人对现在的自己感到羞愧并想隐藏真实的自己，这意味着他们不想承认自己的潜力与真实性，反而亟欲抛弃自我。

我们不能在尚未完全了解自己的真实面貌及能力的情况下，被动地被他人的欲望、关注与评价左右，过着如同被追赶的生活。因为真正的幸福感不是来自他人的评价或关注，而是源于对自我的满足感。

◑ 被点赞数和留言数左右情绪的明勋

明勋在某社交平台上发布了吃午餐的照片和一篇简单的日常生活文章。这是一间位于韩国合井洞的著名美食店，由于是曾经因等待时间太久而放弃了好几次的地方，所以他预期网友的响应应该会很好。当然，他也没有忘记将“日常”“某地上班族”“某某寿司”“高中同学”等链接关键词附加在内容标签上。

三个小时后，他去查看点赞的数量，但结果很差。这是电视台报道过的美食店，为什么会这样呢？只有两个人点赞，而且根本就没有留言。六个小时后，他再次确认帖文，点赞数只多了一个，总共三个。

为了拍摄在餐厅的打卡照，明勋光是整理头发就花了三十多分钟，脖子上还挂了平时不戴的社员证，却徒劳无功。同一时间，朋友的社交平台上出现了新的帖文。那是一位目前在当基金经理人的高中同学发的，一个小时下来，就有一百个人点赞、二十则留言，同样是吃完饭拿着咖啡拍的照片，究竟哪里不一样？

仔细看了朋友的帖文，他发现两人的差异非常明显。朋友的帖文里是进口车与名牌手表，还有大家羡慕的大企业的入社考试等能充分吸引人们关注的刺激性内容。

三天后，明勋再次发表了新的帖文。

在新的帖文中，明勋为了吸引关注而编造了谎言，这次不知是谁在追根究底。惊慌失措的明勋苦恼着究竟要删掉帖文，还是继续坚持到底。话说回来，大家不都是那样伪装自己，偶尔添油加醋地活着吗？可以装作视而不见的事，大家为什么要拼命追根究底呢？明勋完全无法理解。

◑ 被困在想象城堡里的假明星之“说谎癖”

戏剧性人格倾向，解离性记忆的认知错误，虚谈症——这是明勋的诊疗记录中记载的内容，他是所谓的“说谎癖”患者。在进行心理咨询时，明勋说：“因为必须参加新进员工研修，所以不能经常来医院；因为某某电子企业比我预期的还差，虽然我合格了，但是也有可能不去报到。”在错误的自恋及炫耀欲（突出自己的存在感）里，明勋是以优秀的大企业新进员工的身份存活着的。

“社交平台的朋友在一个月内新增了一百名。嗯，听说这次宝马汽车大规模召回，看来还是选奔驰汽车会好一些。这次休假我和女朋友去了巴厘岛，飞行时间实在太长了。”

安想在字典上的定义是狂妄地打算，不能实现的打算。所以，妄想与夸张不同，它应该包含“完全无法理解”“不合理的”等内容，典型的例子有：外星人生活在我的脑海中等。但并非只有这种极端强烈程度的内容才被归类为妄想，在早期阶段，妄想是从简单的谎言和否定现实等更轻微的状态开始形成的。

假设你数学考试得了 70 分，因为怕被妈妈批评，谎称考了 90 分。在成绩单寄到家之前，你一直隐瞒这个事实。当妈妈再次问道“真的考了 90 分吗”，你虽然有点儿心慌，但还是回答：“嗯，90 分。”

“怎么办？要不现在说出实话，认个错？不行，我可能会因为说谎而被骂得更惨……”

随着成绩单到达日期的逼近，你的苦恼也更加严重。一方面，即使考不好也能被家人认可及原谅，这可能比较棘手；另一方面，编造一个新的谎言来逃避责任相对容易得多。经过一番思索，你最后可能决定把成绩单丢掉，谎称没寄到，或干脆改成绩。

这样的过程反复几次后，连你自己都会开始混淆，开始觉得这跟自己事实上考了 90 分没什么两样。“得了 70 分的真正的我、肯定会被妈妈责骂的我”有意识地尝试相信“陷入下意识状态后取得了 90 分的我、被妈妈称赞的我”是真的。甚至当有人指责“你又没考 90 分，为什么要说谎？”时，你还会反驳对方、讽刺对方，企图摆脱困境，不愿意接受事实。因为你坚信，只有自己处于得了 90 分的虚构情况下，才能获得平静与幸福。

明勋也慢慢创造了某电子公司新进员工金明勋的身份。为他进行心理咨询时我在想，究竟明勋在自己创建的虚构环境里会暂时感到幸福，还是比在现实环境中感到更空虚、更孤单？我烦恼着到底是建议他承认并正确地面对现实，还是让他活在自己创造的世界里，放任他待在短暂的幸福中。至少身在其中，明勋不会感到孤单，不会被忽视，即使那并非现实。

明勋究竟应该选择接受现实，然后变得抑郁，还是选择沉醉于虚假的幸福中？其实这是一个比想象中更加困难及复杂的问题。当然要面对现实！我们通常可能如是想，并很快下结论。但是必须仔细考虑相关准备及时间点，否则明勋很有可能再次否定医生所投入的心血，选择坚定地相信自己的世界。“那个医生怀疑我？是因为他嫉妒我吗？”“他根本没有专家的资格！说不定他不是医生呢！”这种妄想将会逐渐变得更加严重。

◑“关种”，用别人的眼光评价自己的人们

与“关种”意义最相近的临床诊断是“戏剧性人格障碍”。患有戏剧性人格障碍的人，为了吸引周围人的注意，经常会表现得很夸张，鸡毛蒜皮的小事也会大声嚷嚷及痛哭流涕，就像在比赛中获得胜利的人一样激烈地欢呼。

在人际关系上也一样，戏剧性人格障碍患者在普通朋友的婚礼上，会表现出一副涕泗横流的样子，好像自己是婚礼的主

角一样，喝酒时还嚷嚷着两人是世上最好的朋友，朋友遇到困难时却总是躲避着不联系。不仅如此，他们仿佛把自己当成电视剧主角，希望所有行为都能备受关注。因此他们更倾向于追求华丽的外表，为了得到异性的关注，有时会过度展现外貌及性魅力。

与夸张的表现和外表大异其趣，他们的内心和情感往往十分肤浅。当他们无法成为主角时，心情会突然变差，然后指责及攻击其他受到关注的人，想方设法地把大家的注意力转移到自己身上。

由于自己是这样，因此在面对他人时，相较内在，他们会过度关注对方的学历和职业等外在条件，还有物质层面的东西。因为他们的人际关系并不真实，他们无法与他人深刻地了解彼此，所以他们往往不能与人维持长久的情谊。

戏剧性人格障碍患者约占总人口数的3%，多见于女性。当然，患有戏剧性人格障碍的人也并非全都是缺乏关注，只要知道他们有那种倾向性即可。

因为患有缺乏关注症的人对与自己相关的事非常敏感，所以对周围人士评价自己的话或背后的议论、指责都相当敏感，而且会致力于不要表现出戏剧性人格的倾向。

近来，不太需要看别人的脸色，同时可以尽情展示自己的戏剧性人格倾向的登场方式，就是通过线上社交媒体平台展示自己。使用者只要用自己的账号上传本人的文章或照片就能获得想要的关注，也能够实时了解别人对自己的差评。此外，要上传什么照片和文章，纯粹是自己说了算。对患有缺乏关注症的人来说，没有比这更好的游乐场了。

但遗憾的是，在他们高兴的同时，也有让他们感到悲伤和抑郁的事情，那就是点赞和关注的数量。它真实且残忍地将大众对自己的关注度和受欢迎度传达给了本人。

明勋不忍心关掉带给他压力与被剥夺感的SNS[1]的理由是什么？为什么他要执着地保留诱发其负面情绪的关系呢？在沟通和孤立、断绝和孤独、比较和自卑感混合存在的SNS空间里，我们不断地评价他人的生活，也接受他人的评价，在展示和炫耀的同时，被忽视的状况亦反复发生。

执着于SNS、过度在意别人对自己的看法、过度敏感且执着于别人评价的缺乏关注症与戏剧性人格倾向，也可以被看作是一种行为成瘾。

所谓行为成瘾，指患者明知会出现职业性、社会性损伤，或是抗药性、戒断症状等负面结果，却仍反复进行特定行为的失控状态，其种类包括赌博或游戏成瘾、购物或性爱成瘾等。倘若这个人进入别人的平台主页，明知会因嫉妒和自卑而影响心情，但还是不忍心移除社交媒体平台的话，就算是行为成瘾。

---

1 SNS：Social Networking Services，专指社交网络服务，包括社交软件和社交网站。

因歪曲的价值观所造成的错误比较，容易带来焦躁和不安情绪，也会让自己对现状不满，导致将判断自己的生活是否有价值的权利交给他人，让他人的关注度成为衡量自己是否幸福的标准。如果我们被点赞数和留言数左右，对自己的日常生活以及其他该做之事的注意力就会逐渐下降。当我们的注意力逐渐分散时，我们想要完成某种事情的热情也会慢慢地消失，不再追求自我期望或自我信守为真的生活，只是执着于他人认可的模样、别人羡慕的样子，进而去模仿，慢慢地变成为别人而活。

◑ 不管怎么说，都只是“别人”

明勋的“说谎癖”一开始并不明显，他也没说过特别夸张的谎言，因此称不上是妄想。他只是羡慕那些有钱的朋友，不想因此而丧气，所以就略微打肿脸充胖子而已。但是当他反复说谎后，谎言的夸张程度越来越深，谎言逐渐演变为远离现实的虚构故事。

谎言迟早会被揭穿，真相暴露后的自己会比实际的自己显得更悲惨、更不堪。如果不想面对这样的自己，“说谎癖”患者就必须在面对自己的虚荣心时、为掩饰弱点说谎时，以及出现让自己显得更差的失误时，训练自己，让自己能更坦率地面对自己。最重要的是，他们必须学会爱护和珍惜当下的自己。

为了坦率地面对真实的自己，他们必须认识到“别人的关注无法提高自己的自尊心”这一点。SNS上的留言数、点赞数或加朋友数等，为自己带来的利益非常有限，而且只是暂时的。关注人数超过十万人，宣传或广告代言所带来的经济收益才会增加，但这样的账号不到百分之二。一般人即使点赞数达到一百左右，也只是觉得“网友对我的照片和文章很感兴趣”，心情一下子变好了；如果达到两百个，心情会更加愉快。但是这些改变不了我们的生活，伴随着善意的留言，恶意留言也会跟着增加。

不仅如此，点赞的人或有好奇心的人可能也会留下令人不愉快的评论，因为大众通常是无情、善变且肤浅的，不会因照片和文章而感动或失望。他们只是觉得“还不错”，然后出于礼貌或道义而点赞罢了，并不会倾注太多时间或精力去关心别人的生活。因此，我们不需要对他们的反应过度高兴或失望，更何况那也不能成为提高个人自尊心的标准。

如果你希望过不徒有其表的生活，能更进一步享受生活，尽管缓慢却永不停歇、持续发展地努力生活，就必须锻炼自己的身体，提升内在，而不是着重于向别人炫耀外在的东西。

别人再怎么有影响力也是别人，你的生活主体最终还是自己。你不应把自己的宝贵时间浪费在关注别人的评价和编造虚假的自己上，跑三公里、登山、写日记、做简单的料理等，跨过自己人生中的小挑战并前进，将视线从外部转移到自己身上，尽情地集中能量吧！

也许你会疑惑，这些琐碎小事能有什么意义？但累积小小的成就感才是让自己的人生更加活力充沛的方法，也是从只追求表面华丽的生活，回到踏实且追求内在的生活中的切实方法。

不是名牌，而是自己实际需要的东西；不是某某电子公司，而是自己热爱的实际工作；不是向别人炫耀的生活，而是充实且真诚地度过每一天，这些事情对自己而言，真的非常重要。

Q&A:
不比较会幸福吗?

有时候，不管你幸福与否，每天的时间在忙碌中很快就过去了。但是当你在SNS或聚会中看到其他人的生活时，会突然有种“啊！原来我并不幸福。太不幸了”的想法闪过脑海。

相较别人光鲜亮丽的生活，我的日子显得寒酸、艰难又可怜。那么，不跟别人比较我会幸福吗?

朴钟锡:“‘比较’不能说是好或者坏，它像是人类的一种本能行为。依我看，所谓比较，不就是想在群体之中证明自己吗?在与他人进行比较时，我们与他人之间肯定会有差异，这种差异引起我们的情绪起伏是很自然的事。即使是负面的情绪，与其说是‘比较’本身的问题，不如说是我们如何接受差异的问题。有些人通过比较会获得更精进、正向的能量，有些人通过与他人进行比较则会变得沮丧和抑郁。”

金惠男:“这不就是非常有原则性又很无趣的答案吗?你知道女人为什么喜欢打扮吗?女人打扮自己不就是为了比其他女人更漂亮吗?当然，男人锻炼肌肉、增强男性美，也是同样的理由。

“不仅是人类，动物也会在群体中相互攀比，致力于以更出色的外表占据优势，然后争个一二。虽然不知道动物是否能借此感到幸福，但是无论如何，人类通过这种比较可能会感到幸福，也可能感到不幸。为什么会这样呢？为何无法比别人更占优势时我们就会觉得不幸呢？

“换个问题来说，名列前茅的人真的比较幸福吗？比别人拥有更多的财富、更大的权力，或更聪明的人，真的更幸福吗？”

朴钟锡：“好像不是那样。我有个好友以第一名的成绩毕业于美国名牌大学。她是位女性，硕士和博士学位都是在全球顶尖的大学取得，是任谁来看都会瞠目结舌的一位顶尖聪明的人物。但是她本人非常自卑，说是在同一族群里，自己的智商最低，身高和外貌也不太出众，经常陷入自卑情绪。所以为了弥补自己的不足，她总是更加努力地学习，渴望获得第一。

“此外，她结婚后与丈夫的关系非常恶劣，已经恶劣到想离婚的程度，但是不能轻易下决心的原因是在意别人的眼光。她害怕曾经羡慕自己的朋友会嘲笑自己。即使以虚假的方式表演，她也要装作幸福洋溢的模样；即便她的家庭仅剩下空壳，她也必须维持下去，那样才不会招来朋友的讥笑。

“我看到她被别人的看法束缚，陷入不得不闪躲他人目光的这种进退两难的境地，真是感到非常惋惜。”

金惠男：“她的幸福似乎来自他人的认可。假如别人不认为她是‘最出色、最优秀’的人，她就会觉得自己很不幸。但这不仅是她的问题。近来人们似乎总是以他人的眼光来判断自己是否幸福，以等级来衡量幸福。

“我们小时候也是这样，但现在变得更严重了。孩子从学校回来后，爸妈都会问：‘你今天获得什么表扬了吗？考试得了多少分？’父母经常拿孩子和他的同学比较，以分数和名次来衡量孩子的价值，明里暗里都是如此。

“因此，孩子也常会拿自己与他人做比较，为了更优秀而挣扎，稍微落后就会产生自己得不到爱的不安感。在这种环境下成长，长大后，我们不再以成绩进行比较，而是以财产、权力、地位或职业等其他东西来与他人进行比较，并认为落后于别人的自己非常不幸。”

朴钟锡：“父母的生活态度好像也会原封不动地遗传到孩子们身上。近来很多孩子一到冬天就会按照羽绒服的品牌来划分等级，据说只是初中生，一班 30 名左右的孩子就分成了 5 组。等级最高的一组说：‘如果想进入我们这组，请购买某某牌羽绒服。’如果谁穿不到 5 万元一件的羽绒服，就会被赶出该组。

“不只限于羽绒服，有些人会说：‘我们这组寒假要去巴厘岛！’做不到这一点的人，也必须离开该组。如此这般，大家以皮包、羽绒服、海外旅行等消费水平将自己及周围的人分为上层、上中层、中上层等五组。

“此外，近年来孩子们也会以生活的区域、居住形态和公寓品牌等来评定朋友等级，甚至因为住在别墅，被戏称为‘别墅乞丐’，住在出租公寓的，被戏称为‘出租乞丐’。从小开始，孩子们就自然而然地以父母的资产或职业来分组及排序，这种你不想比较也无法置身事外的世态民情，让许多人感到非常痛苦。”

编辑：“结果是人类以‘比较’这种方式，让自己处于不幸，有没有可以远离‘比较’的方法呢？”

朴钟锡：“有些人因为不喜欢与他人比较所带来的被剥夺感，于是干脆孤立自己，断绝与朋友的联系，不参与任何社群媒体的相关活动，仅维持生活最基本的人际关系。他们认为与其参加一次同学会，然后比较这个比较那个，无缘无故地变得抑郁，还不如不去。加上近来随着网络和社群媒体的充分发展，人们只要点几下鼠标就能了解别人的生活，这样很容易让人不自觉地进行比较，所以有些人认为若想避免因此产生抑郁感，唯有自我孤立了。”

金惠男：“应该不要逃跑才对。闭上眼睛、捂住耳朵，我们就会幸福吗？不要拿他人跟自己比较，不要评价自己是否有出息，只要尊重自己的生活，并努力从中找到满足感和幸福感即可。幸福指数高的国家或城市，人们无论是开货车还是当政治家，都认为那只是自己具有该方面的素质而已。他们能够知足地生活，而我们的文化是所有东西都拿来排名，从第一名排到最后一名，比较一下谁更优秀。因为没有多元化的价值观，所以我们无条件地认为必须成绩优秀、获得第一名，才会受到关注或被人喜爱。物质也是一样，即使家财万贯、坐拥豪宅，这样的人的内心也不一定感到幸福。因此，我们可以肯定拥有财富和地位的人，但没有必要羡慕他们。”

编辑：“若想让与他人的‘比较’产生正面效果，整个社会文化都必须改变，这是需要时间解决的问题，所以首先应该改变大家的想法。”

金惠男：“没错。比我优秀的人到处都是，好不容易在读书方面勉强获得了第一名，然而面对成绩好、长得又帅的人，我们会再度陷入自卑情绪。即使我们去做了整容加上塑身，勉强提升了颜值，又会出现某个住在豪宅里的人。我们若是不断地与他人进行比较与被比较，就会被慢性的剥夺感、空虚感及抑郁感折磨。以他人的眼光评价自己的人，最后将无法满足于自己的生活，也无法从中获得幸福感。”

否定现实

承认
你的不幸

现在我已经长大成人，

即便经历过那么艰难的时刻，

还是成了一个很不错的人。

这是我的力量，

不要再让过去来支配我了！

“不，这是梦！”

面对突如其来的不幸，电影中的主角常常会“惨叫着”去否定现实。他们虽然知道这种行为不可能改变现实，但还是会先否定，因为只有这样才能从眼前的痛苦状态中稍微摆脱出来。

在我们的防御机制中，可能最不成熟的就是否定现实。否定，正如其名，就是否定自己身上的属性，或是真实发生在自己身上但自己不想承认的事情。例如：患有癌症的病人说着：“不，不可能。我很健康，怎么可能得了癌症？！这绝对是诊断错误。”然后拒绝去医院或持续换医生。

人往往会拒绝接受不幸的现实，哪怕只是为了暂时让自己“平心静气”。

美国媒体人亚曼达·瑞普立在其著作《生还者希望你知道的事》中发表了一项研究成果：“受灾的人所表现出来的反应与一般的预料不同。”遭受海啸、恐怖袭击等灾难的人在感知到灾难信号后，往往要过很久才做出逃难的行动，这是因为很多人认为灾难会避开自己，即产生“难道这样的事情会发生在我身上吗？”的否定心理。

如此这般，人们通常不愿意承认不幸已经发生或正发生在自己身上的事实。如果承认这一点，好像自己就变得非常悲惨、软弱无力、不值一提，或者觉得一旦承认之后会没有自信承受随之而来的挫折感，所以人们干脆否认这些事情的存在。

但是，我们否认过去所经历的不幸，并不代表那件事会消失。那么，隐藏在内心深处的记忆和附着其上的情感，就会脱离我们的控制，在不知不觉中伤害我们。

◑ 把不幸粉饰为幸福，脆弱的圣洙

圣洙性格开朗，经常照顾周围的人，并承担着各种琐事，因此无论走到哪里都受欢迎。但是在一次聚会上，听到人们在背后说自己行事过于急躁后，他开始变得非常抑郁。他就像被水浸湿的棉花一般，做什么事都意兴阑珊，且不愿意与人见面。

“我时时刻刻以身作则，努力地过日子。参加聚会后，我还负责善后。一动不动、只知道吃喝玩乐的你们，有什么资格批评我？”圣洙认为，面对那些指责自己的人，内心感受到过于强大的背叛感，这导致自己无法入睡。

一方面，我对圣洙的感受颇有共鸣，但另一方面又担心他陷入极度抑郁，为了寻找原因，我先问及他幼年时期的记忆。

圣洙像讲述电视剧的剧情一般，谈起冷漠且对子女毫不关心的父亲以及经常生病的母亲，还有自己从很小开始就照顾母亲的童年记忆。

“父亲哪怕遇到小事也容易发火，所以我必须经常观察父亲的脸色，为了不惹父亲生气，我要做母亲做不到的事情。”

“小小年纪，心里一定很累吧？”我问。

“不，这是任何一个家庭都有的小问题。那时我们一家人相处和睦，没有什么大问题。”

圣洙在谈起童年时期自己和家人所遇到的问题时，表现得毫不在意。他说自己在结婚后，每逢周末都会回父母家做家务，睡一觉再回自己家。虽然因此事经常和妻子产生矛盾，不过圣洙红着脸笑着说，怎么可能因为这事就离婚呢?

在长达一年不间断的心理咨询中，我发现圣洙在说任何话时都没有加入感情色彩，只是淡淡地讲述自己所经历的事情。在我不厌其烦地对他过去的行为进行解读的情况下，他的问题才像小学生做作业似的逐渐展开……

经过持续一年的心理咨询之后，我才看见圣洙的泪水，而且他已经沉浸在悲伤情绪之中。之前每当提起儿时的艰辛生活，都极力肯定“我们一家人过得没有什么问题”的圣洙，现在终于开始吐露内心深处的情感。

“我非常孤独和害怕。当时我是个需要父母保护的小孩，但是没有人保护我，也没有人照顾我。我不喜欢父母吵架，也害怕父亲发火，所以即使很疲惫，也要照顾妈妈和家庭。”

他比任何人都希望拥有一个幸福和睦的家庭，所以他不愿承认自己小时候家里的气氛并不和睦也不平静这个事实。原生家庭给圣洙带来了极大的痛苦和悲伤。

圣洙为保护母亲，为营造和睦的家庭氛围而努力着，但是如果承认自己因此而感到孤独和痛苦，之前的努力仿佛就会化为泡影，还需要承认父母对他的养育其实存在很多问题的事实。因此圣洙才执着于坚信自己的原生家庭关系没有任何问题。

圣洙的梦想是成为父母疼爱、让父母引以为傲的孩子，放弃这个梦想对他来说是一件非常危险的事，因为这样会使他过去的努力变得毫无价值，还会引发他对父母的愤怒之情。因此他一直否认并回避童年受到父母伤害的事实，这种做法在长大后产生了副作用——他陷入了莫名的紧张与茫然不安之中。

所幸的是通过持续进行心理咨询，圣洙开始承认自己童年的不幸，看到了存在于自己身上的问题的本质。正因如此，他拥有了解决问题的能力。虽然在此过程中必须面对过去的不安和悲伤，并且要承受对“没能保护好自己的母亲”产生的愤怒情绪，但是唯有如此，圣洙才能真正找到自己和父母之间存在的问题。

同时，他也知道母亲的心灵亦是由于自己童年过得艰辛、不知道如何扮演好母亲的角色而受到创伤的。通过这些认知，他才了解到自己对母亲总是有种莫名的负疚感的原因，也才能从那份情感中走出来。

◑ 承认过去的不幸！那是解决问题的起点

“知己知彼，百战不殆”，只有了解了自己内心深处的痛苦，我们才能拥有治疗它的力量。如果我们能够承认并正视因害怕自我而否定及压抑的记忆，就表示自我有了对抗它的力量。

每个人都有感到不幸的时候，也有因为羞愧而不想活的时候，但一味地否定和压制这些情绪，反而会使我们错失解决问题的良机，导致“不幸和羞愧”的情绪被隐藏在更深、更黑暗的“心理洞穴”中，然后变成无形的压力影响着我们现在的生活。

不过，我们也没有必要因此而刻意去回想痛苦的过去，沉浸于负面情绪中，那会使我们的情绪或思维都朝着负面的方向发展，从而加深抑郁症状。那种记忆在和专科医生进行面谈时吐露出来就已足够，而那段咨询时的经验会帮助我们安全地化解过去的矛盾。

如果过去不幸的记忆不是停留在“心理洞穴”里，而是时不时地浮现出来折磨我们，那么我们就要面对它，而且要堂堂正正地与其对峙：“是啊，我过去很辛苦，所以当时感到很生气、很伤心。但是现在我已经长大成人，即便经历过那么艰难的时刻，还是成了一个很不错的人。这是我的力量，我不会再让过去来支配我了！”

强迫症

计划男的一天

即使自己定的规则和秩序
在实际行动中稍有偏差，
这个世界也不会有什么不同，
生活也完全不会有什么变化。

电影《爱在心里口难开》中，男主角梅尔文走在路上绝对不会让自己踩到人行道地砖的纹路，并且极度讨厌和别人接触，总是在人群中来回闪躲着走。去餐厅他总是坐在固定的位置上，用自己亲自准备的免洗刀叉吃饭，甚至会对亲切地要借西装给他的人大喊："怎么能穿别人穿过的衣服？"

韩国电影《计划男》的主角正硕，每天上班、睡觉、去厕所，乃至上班途中过马路的时间都精确地配合一定的步调，过着按表行事的生活。凡事他都设定好闹钟，依照计划来过日子，对他来说这是最祥和的生活。他无法想象计划出错会让自己多么难堪，更无法忍受生活步调被打乱的样子。

由于是电影情节，我们可能会觉得剧情有些夸张，但是在现实生活中还有比他们的情况更严重的人。对强迫症患者来说，除了时间、清洁、安全、整理外，他们更倾向于追求各种东西都井然有序。这种行为不仅令本人，也令周围的人感到痛苦。

有一次一位患者怕我给他开的药有副作用，在网上搜索了132种关于此药的副作用。为了一一回复他对我提的132个问题，我甚至花掉了两个小时的心理咨询时间。结束后，他开门出去时可能还是不放心："医生，可是……或许……真的没事吗？"对数字"3"有强迫症的他，最终又反复问了33次同样的问题才转身离去。

◑ 检查一遍又一遍，反复确认的英洙

英洙今天一如往常地在6点准时起床。他打开窗户通风后，用打扫家中各个角落来开始这一天的生活。他打扫时总是戴着口罩和手套，并且持续30分钟。由于不敢使用公厕，英洙每天早上总是在家排便后洗净全身，接着吃五种维生素和简单的麦片，然后前往地铁站。

英洙在出门时要反复检查家里的煤气阀和电器开关是否关好；等了一会儿电梯后，还会回家，再次反复查看煤气、暖气、电器等的开关；最后锁上玄关门后也一定要再拉五次门，这样才能放心；望着一动不动的坚实大门，露出满意的笑容，上班准备这才算完成。

每当电梯门打开时，英洙都会非常紧张。如果在电梯里和别人擦肩而过，不知为何他就会有一种浑身不舒服的感觉，所以每当有人走进电梯时他都会蜷缩着身子。搭乘地铁时，他经常会去第一列车厢（因为人少），尽量避免与他人接触。

英洙的时间表中上班的时间是9点钟，但他总是提前半个小时到公司，用湿纸巾将自己的办公桌、电脑屏幕和键盘等都擦一遍。

此外，连放在抽屉里的档案，他也会重新整理得井然有序。花15分钟清理完办公桌后，他才开始办公。首先是给客户发电

子邮件，他会将相同的内容分别发送到Hotmail[1]、Naver[2]及公司的电子邮件账号上，再用简讯和Kakao Talk[3]告知收件者“已经发送邮件，请确认”。接着15分钟和30分钟后都要进行一次电子邮件传送接收确认，如果此时尚未收到对方的确认通知的话，他就会慢慢变得不安起来。

电子邮件发出一个小时后，如果没有收到对方的确认通知，他就会直接给有业务往来的相关职员打电话，此时对方往往会很不耐烦地说：“你为什么要一直催呢？”英洙完全不能理解对方的质疑，要求对方尽快处理所负责的业务，这有什么错吗？

若是打完电话30分钟后，仍没有收到对方的确认通知，接下来他就会发电子邮件给相关职员的上司，要求对方确认他的下属是否收到了邮件。如此这般，两个小时之后，组长可能就会把英洙叫过去询问，说客户方给自己反馈了事情的经过，希望英洙处理事情时要懂得随机应变。

“不，如果凡事通融的话，就会将事情做得马马虎虎，我不明白为什么要那样做！”

听到英洙的话，组长似乎有些郁闷，叹了口气，不停地捶胸顿足。

1 Hotmail：微软电子邮箱。

2 Naver：韩国网站名称。

3 Kakao Talk：一款聊天软件，在韩国较流行。

其实英洙从高中开始就经常听到别人批评自己“满腹牢骚”“疑神疑鬼”之类的话。参加大学入学考试时，他担心圆珠笔会出问题而准备了10支圆珠笔，考试当天怕堵车因而提前4个小时赶到考场等候。考试时，他如果遇到不懂的问题，就会一直停在此处，不去解答后面的题，浪费了很多时间，而且老是担心答题卡是不是漏涂了，至少要检查5次。

此外，和朋友吃饭时，英洙会觉得各自的汤匙在汤里搅来搅去有点儿怪怪的，结账时AA制[1]若不能准确平分到小数也会感到不满。因为这些事情他和朋友吵了几次架，不知从何时起他觉得一个人吃饭反而更舒服。

◑ 病态完美主义的“强迫症”

强迫症是指就算本人不愿意也要反复进行特定想法或行动的病症，属于焦虑症的一种。具有该症状的患者约占韩国总人口的3%，常见于高学历、高社会地位、高智商人士。尤其是成功或聪明的父母，往往以自己的强迫倾向来要求子女，因此由遗传或环境方面造成这种病症的情况也很多。

关于强迫症的成因，虽然医学界有诸多理论，但最可信的

1 AA制：Algebraic Average，各人平均分担所需费用，通常用于饮食聚会及旅游等共同消费的场合。

假设是强迫症是由人的血清素减少和心理调节不均衡所致。当人感到不安时，为了摆脱不安而产生的冲动情绪会使人表露出强迫行为。

弗洛伊德主张："具有强迫倾向的人经常会出现攻击性，洁癖的形成与小时候的排便训练有关。即人们在三至四岁的肛门期，因排便的失误而经历了羞耻的情况，从而产生对清洁、整理的过度执着和对污染的恐惧。"

事实上，在幼儿园里，不小心在同学面前小便或大便，会让孩子产生莫大的羞耻感，这段经历以后会成为孩子羞耻的记忆，也可能成为一种心理创伤。有这种经历的孩子在成年之后，很多会具有完美主义或强迫倾向，对纯洁、清洁、传染病等，会有过度敏感的态度。

大部分强迫症患者会像英洙一样，即使物品或书籍稍微破损也无法忍受，反复检查大门、煤气、电器等与安全有关的东西，每天洗手数十次。他们可能会意识到自己的这种行为多少有些过分：明明确定已经锁好门，而且锁好的概率接近 100%，但还是会反复检查。只要有 1% 或 2% 的不确定感，不好的想法就会涌上心头，他们就会突然感到忐忑不安，忍不住"检查再检查"。

"万一门开着怎么办？小偷闯进来，钱没了，我的人生就完了。"

"如果煤气阀门没关上怎么办？万一着火了，家具、家电、衣服都会被烧掉吧？若是火势蔓延到邻居家，说不定我……那么我的人生就结束了。”

虽然这些看似是夸张到荒诞不经的想象，但是强迫症患者总能迅速想象到悲剧性的结局，从而让自己感到不安，而且一想到这些，如果不回去确认门有没有锁好，他们一整天都会处于焦虑状态，做什么事情都不能专注，总得跑回去再次确认，才能放心开始思考下一件事。

这种倾向就连强迫症患者本人也会感到很不方便，但更辛苦的是周围的人。如果两人一起吃饭或旅行，强迫症患者全程都在追问和检查，这会让他人难以忍受。如果是真正亲密的人或许还好，但若是一些关系比较疏远的人的话，去理解和忍受强迫症患者的行为需要付出相当大的努力。

强迫症是不仅让患者本人，也让他们周围的人都倍感辛苦的疾病。强迫症有着让人际关系和社会关系方面存在诸多不便的特征，尤其是患了强迫症后，患者会出现工作上遇到困难、和亲密爱人发生争吵等问题，所以并发抑郁症的情况也很常见。这种疾病最令人伤心的是，患者本人清楚地了解自己现在的行为或想法不管任谁看来都太夸张、太奇怪了，却改不了。

◑ 打破一下你的规矩，不会出什么大问题

英洙因为强迫症，最终不得不和正在交往的女朋友分手，和普通朋友见面的次数也渐渐减少，连在职场上都危机四伏。我建议他同时进行心理治疗和药物治疗，把注意力集中在运动方面。

将注意力集中于运动这种外在刺激上可以避免患者产生强迫性思维，还能促使产生强迫性思维的大脑边缘系统和基底神经节通过运动消耗患者的能量。

对强迫症患者来说，最重要的是转换思想并培养耐心。就像洗手已经洗了 8 次，但非要洗到 10 次才能安心的这种自己也觉得奇怪的行为停止之后，在某个瞬间患者就会对类似的怪异行为变得不在意，并能将精神集中在其他有意义的事情上。

事实上，这种转换思想的方法也经常被用于对强迫症患者的治疗上。例如：这个人突然很想洗手时，就在记事本上写上“正”字的一画，又想起来时再添上一画……就这样看着逐渐增加的笔画，让自己了解“我今天又有几次这种想法，又这么执迷不悟”。类似的方法还有：每当想到这些事情时，就吃一颗巧克力，或是往嘴里含一颗糖果。不管是什么，重要的是找到适合自己的“回避强迫性思维的手段”。

近来最常用的治疗方法是使用随身携带的智能手机，每当出现相同的强迫性想法或欲望时，患者可以通过听音乐或观看影片来转移注意力。

如果说上述方法是回避强迫症的做法，那么以下介绍的方法就是与它进行正面较量。事实上，若这两种方式能适当地交互使用，则效果最好。

当我们想强迫自己行动且这种欲望强烈到让自己难以忍受时，需要去安抚这种“强迫自己不行动”所带来的不安和冲动情绪。比如有想洗手的冲动时，我们可以在坚持一次不洗手的时候给自己奖励（例如：平时想吃的零食），忍了 10 次就通过买自己想要的东西等方式来激励自己，这也是很好的方法。就这样忍一忍，坚持几次后我们就会发现，即使自己定的规则和秩序在实际行动中稍有偏差，这个世界也不会有什么不同，生活也完全不会有什么变化。

情绪控制

所有的情绪都属正常

我们如何控制像脱缰的野马

一样疯狂的情绪，

并把它当作人生的原动力呢？

无论情绪的力量多么强大且充满诱惑，

我们都不能臣服于它，

也不能一味地压制它。

“被自己信任的朋友背叛，实在是一件让人气愤的事情，自己因为埋怨对方而睡不着……被这种情绪包围的我，是不是很没出息？”

我们在被自己信任的朋友背叛时，内心会产生愤怒的情绪，因而开始讨厌那个朋友，这是理所当然的事情。如果我们被朋友背叛，内心依然喜欢对方，而且为此心情愉快，不是很奇怪吗？

快乐、幸福、满足、舒适、稳定、绝望、恐惧、无聊、冷漠、悲伤、寂寞等，这些人类所能感受到的情绪，都是微妙且多样到无法用人类语言完全表达出来的。

情绪也是一种信号。我们对外部或内部发生的改变做出反应，同时我们的心灵和身体产生能量的变化。这种情绪在告诉我们现在自己处于一种什么心理状态的同时，也具有适应性。例如：愤怒是为了保护自己“不受到不公正待遇”的情绪反应；恐惧是为了避免自己受到伤害的情绪反应，遇到蛇时做出的情绪反应就是恐惧的典型表现；悲伤是我们为了适应失去对自己来说很重要的人或事物的情况而做出的一连串情绪反应；快乐是获得对自己有益或自己想要的东西时的情绪反应；嫉妒是不想输给别人，或者为了自己所喜爱的东西不被抢走而产生的一种竞争心理；不安则是预感到某种可怕的事情会发生时的情绪反应。

情绪是由我们的身体本能产生的，不易受到理智的控制。但人类为了弥补无意识中涌出的情绪，在意识领域又具有一种“理性”功能。理智和情绪有时像朋友一样彼此互补，有时像敌人一样互相争斗，为寻找合适的力量平衡而不懈努力。

◑ 做情绪的奴隶，还是情绪的主人？

哪怕是心智再成熟的人，也会在某个瞬间陷入情绪的旋涡，随后因做出情绪化的行为或决定而犯下大错。

可见情绪的力量是相当强大的。对此，《理性的情绪化：精神科医生拆解七种支配生活的基本情绪》的作者克里斯托夫·安德烈表示："情绪是听话的仆人，同时也是缺德的主人。让情绪尽量活跃，但不要放松对情绪的调节。"这句话的意思是，情绪既可以成为促进我们生活积极向上的动力，也可以成为把我们拉入黑暗的陷阱的力量，这句话还隐含着一种"一切取决于我们如何对待情绪"的自信。

那么，我们如何控制像脱缰的野马一样疯狂的情绪，并把它当作人生的原动力呢？无论情绪的力量多么强大且充满诱惑，我们都不能臣服于它，也不能一味地压制它。这就像驾驶四轮马车一样，我们要抓住马的缰绳，有时享受速度，有时欣赏周围的景色。我们要学会抓住情绪这条缰绳，好好操纵它，使它能够带着我们向前奔跑。这样，我们的人生就会更加生动有趣。

◑ 倾听情绪所说的话

情绪具有沟通功能，那是对周围的人或者自己说"我的状态如何"的一种"呐喊"（内心宣泄）。

满腔怒火的孩子其实是在喊着："我得不到爱，太伤心了。"

嫉妒到心急如焚的人在喊着："因为你比我好，所以我感到自卑，想抢走你的东西。"

在孤独中颤抖的人则好像在喊着："我想念你们，希望你们接受我。"

当我们内心产生某种情绪时，没有必要害怕，也没必要因"我怎么能这样"而感到羞愧，所有的情绪都是正常的心理反应。它就是一个信号，在告诉人们"你想要什么，为什么会这样，此时处于什么状态"而已。

我们必须了解自己的情绪原貌，并且认可它，这是我们做情绪的主人的第一步。

◑ 不要害怕情绪

我们通过仔细观察自己的内心就可以理解所有类型的情绪代表了什么。那里并不一定只有正面和美好的情绪，也有负面的、令人害怕的情绪，但有这种负面情绪并不表示我们就是负面的人。我们有时会因为自己内心一瞬间涌现出想杀人的冲动而吓一跳，有时则会因为对别人的嫉妒而难以入眠。另外，挫折和绝望感也会导致我们产生抑郁、自卑、愤怒和无力的情绪。

这些情绪会出现在所有人的身上，但是当我们感受到这种负面情绪时，如果觉得自己成了坏人，并开始压抑这种情绪，那么这种情绪就会堆积在心里并开始折磨自己。这时被压抑的情绪就变成了无法用理性控制的强大力量。

当我们生气的时候，要勇敢地面对自己的怒火并且承认它，再思考出现怒火的缘由，然后有针对性地设法化解这股怒气。如果因为一些事情而不得不发火，我们可以采取一些适当的应对措施，保护好自己不会因发火而受到二次伤害，同时可以告诉对方“我生气了”，让对方注意。这样就可以阻止造成伤害的恶性循环。

换句话说，就是我们要了解自己的情绪，使它在我们的掌控之中。因此，我们不要害怕面对自己的情绪。所有的情绪都有时效性，都会随着时间的流逝而平息。如果我们一味地想要阻止这些负面情绪产生，反而会适得其反，导致负面情绪愈演愈烈。让情绪像溪水一样流过，或像微风一样轻轻拂过就好，如此一来这些负面情绪就会慢慢平息，然后我们仔细想一想，在自己身上究竟发生了什么事让我们产生了这些负面情绪。

◑ 表达情绪

不要压抑情绪背后的意思，并不是让情绪随心所欲地爆发。情绪不是仅靠发泄就能平息的，发泄情绪反而会让我们更加无法镇定下来。情绪一旦高涨，就会伴随血压上升或是身体颤抖等症状，如此亢奋的身心状态并不会轻易平息，结果可能是怒火导致负面情绪更加严重了。

情绪不该是被发泄出来，而是要被表达出来的。若是我们能记住沟通是情绪原本的功能之一，就很容易理解这句话的意思，一如“悲伤时能让自己感到安慰的就是有人能理解我的悲伤”。情绪需要他人的共鸣。

为了遇到彼此产生共鸣的人，我们需要告诉对方自己目前处于什么样的情绪状态，告知的方法是表达情绪。有些人平时情绪十分压抑，在与他人交流的过程中不知什么时候突然就冒出一句“我累了”“我很难过”之类的话。在这种情况下，他们得到对方的回答往往是“你伤心的话，我就是想死的程度了”“你难过的话，其他人要怎么生活呢？”或者“不要装模作样”等这类无心的话。因为这类人之前一直压抑着自己的悲伤和痛苦，完全没有对他人表达出来，他人很难认同这种情绪，但是真正有苦恼的当事者会因为没人能够理解自己而感到遗憾。

因为情绪是一种能量，所以我们必须通过适当的情绪表达，以防止这种能量过度累积。情绪的表达对我们的精神健康是相当重要的。高兴时能感受到快乐，悲伤时能表达悲伤，生气时能说出“我生气了”，虽然这些看起来没什么特别的，好像是理所当然的事，然而事实上恰当地表达自己的情绪，就是不畏惧自己的情绪，若想要意识到自己的情绪是什么，就必须具有适当掌控情绪的自信心。

◑ 不要让负面情绪在内心停留太久

情绪有扩大和传染的特点。在愉快的人身边，我们的心情会跟着变好；如果有人生气或伤心的话，在他旁边的人也会感到紧张或意志消沉。

如同在群体中一样，一个人的内在也有自己深刻的情绪特征。情绪和思想会相互刺激。当我们心情好的时候，曾经开心或幸福的事会不断在脑海中浮现。当我们抑郁或生气的时候，先前受到的委屈和让自己生气的事情，也会接二连三地刺激我们的神经，最后这股怒气会冲上脑门，直到爆发。在这种情况下，我们有时会忘记自己当初为何生气。

如果我们的某种情绪无法在适当的时机停下来，这种情绪就会引导人去联想与之相关的想法或记忆，而这种想法或记忆具有诱发类似情绪高涨的效果。因此，如果我们感到生气或委屈，就必须尽快调整好情绪，从中摆脱。当然，这类负面情绪并非都是坏事，生气或悔恨等情绪会“告诉”我们有哪些失误或错误的行为，或者自己到底在哪些方面比较脆弱等。但是若负面情绪没有“就此罢休”，我们会在不知不觉间压抑自己，把自己的能量和宝贵的时间都浪费在针对已经过去的事情上。所以，尽快消除负面情绪吧！就像转念一样，我们的情绪可以靠自我意志充分地改变方向。

◑ 窥探他人的情绪

我们对“因他人而受到伤害”极度敏感。因为身边的人无心说出的一句话，我们整夜翻来覆去睡不着，很久不能释怀，感到无法忍受下去了。但是我们不曾思考自己也可能同样伤害了他人，说不定我们只是在回避“自己的存在本身就会伤害他人”这个事实。

就像我们的情绪很重要一样，别人的情绪同样重要。情绪需要沟通才能传递给对方，我们在知道自己的情绪状态的同时，也需要知道别人的情绪处于什么状态。唯有如此，我们才能把伤害降到最低，并且根据彼此的需要调整情绪表达的方式，让彼此能够舒适又安全地进行沟通。

我们对他人的情绪产生共鸣的能力，必须建立在和谐且深厚的人际关系之上。犹如我们希望别人能够关注自己，对自己的孤独和悲伤能够感同身受一样，我们身边的人同样迫切地希望被如此对待。切莫忘记，就像我们自己容易受伤一样，他人也可能是敏感而易于受伤的。

我们不要只专注于自己的情绪，也要仔细观察别人的情绪（表情和眼神等），然后从对方的角度来看待问题。如此一来，我们就能够感受到对方的情绪。通过这些努力，我们就可以避免沟通时双方之间产生不必要的情绪冲突，用感同身受的温暖、微笑来相互激励，进而会产生向前迈进的力量。

Q&A:
如何处理负面情绪?

人生在世，每个人都会有急躁、怒火中烧、因内心受伤而变得抑郁或悲伤的时候。很多时候，我们会因为没有控制好自己的情绪而导致事情变得越发严重，那么如何才能处理好这些负面情绪呢?

金惠男:“我认为没有所谓‘负面’的情绪，只是有些情绪超过了自己可以控制的范围，因此成了问题。情绪是告诉我们内心哪里出了问题的信号，所以若想要处理好这些情绪，我们首先需要正视这些情绪。只有认清‘我生气了’‘我觉得很难过’‘我感到好孤单’等情绪，我们才能好好地安慰自己，健康地将情绪表达出来。”

编辑:“意思就是说为了控制好自己的情绪，我们首先要正视并承认自己的情绪，对吧？”

金惠男:“对。这是几年前的事了。有一天，一位长期接受门诊治疗的患者及其家人一起来到了医院。原来在过去的一个月里，患者的母亲和姐姐突然相继离世。家人因为担心患者心理受到冲击而导致病情恶化，希望医生能够给其增加用药剂量。然而我并没有给他增加用药剂量，而是告诉他的家人：‘遇到这样的情况，恐怕连健康的人也会受到很大的打击。’并且告诉患者，对家人的死亡感到悲伤和痛苦是理所当然的事情，如果用药物去抑制这种悲伤情绪，之后反而会造成问题。

“我告诉患者家属，希望他们在患者悲伤时能够陪着他一起伤心，患者想哭时能够陪着他一起哭。当然，当时我确信患者完全可以承受这种痛苦，所以才提出这样的建议。事实上，后来那位患者告诉我，多亏当时用正确的方式克服了悲伤，才能恢复自我情绪管理的自信。”

编辑：“在正视自我的情绪之后，为了能够好好地安抚自己，正确地表达自己的情绪，我们需要做哪些努力呢？事实上，对普通人来说，正确地表达悲伤或愤怒等负面情绪，不是一件很容易的事情吧？”

朴钟锡：“像愤怒、悲伤、厌恶等情绪，算是负面情绪中的典型，其实这些是任何人都会产生的情绪。但是，有些人将这种负面情绪表现出来，有些人把它深藏于内心。我们若不能及时正确地释放负面情绪，一直将负面情绪放在心里，负面情绪就会变成危害心灵的毒素，极有可能发展成抑郁症或导致其他身体疾病。

“我们若想正确地释放这种负面情绪，首先要客观地看待自己的情绪，站在旁观者的立场来观察。如果我们不停地思考和沉浸于负面情绪，就无法摆脱负面情绪，甚至会加重负面情绪，形成恶性循环。

“此外，我们体内的负面情绪可以通过运动等舒缓筋骨的方式释放，其目的是转移自己的关注焦点。如果不想在自己的体内累积负面情绪，我们就要有意识地把它释放出来。对此，我们有很多方法可以使用，例如：跟别人聊天、做激烈的运动、一边吃好吃的东西一边放松心情等。”

金惠男：“还有，我们必须跟导致负面情绪的对象保持距离，特别是厌恶或愤怒等有明确对象的情绪，我们需要去了解引发这种情绪的对象或原因。”

编辑：“如果我们过于厌恶一个人的话，和他保持距离会有什么帮助吗？”

金惠男：“如果负面情绪过于激烈，会吞噬自己。若是我们极度厌恶一个人，那份厌恶会毁掉自己，导致我们不仅睡不着觉，吃不下饭，工作也做不好。所以，我们首先应该承认对那个人的厌恶，也要思考自己是否有必要对他投射过多情绪。那个人到底算什么？他让我陷入了厌恶的情绪，导致我食不下咽、辗转难眠，甚至无法正常生活。请试着问问自己，他到底有没有重要到让自己为他付出这么大的代价？大部分人的回答肯定是没有。

既然如此，我们就应该冷静地分析一下，决定该继续还是断绝与这个人的联系。如果我们彼此像家人一样，是想断也断不了的关系，那么和他在情绪上保持距离也是很好的方法，也就是维持形式上的关系，但是断绝过多的情绪联系。”

编辑：“对于心智不成熟而且无法控制情绪的人，情绪的累积可能会导致其患上心理疾病，或者情绪瞬间爆发，导致其做出盲目的暴行或杀人等极端行为。若是如此，一旦产生悲伤、不安、愤怒等令人痛苦的情绪，我们是不是应该及时释放呢？”

金惠男：“是的。但我认为情绪应该是‘表达’，而不是‘宣泄’。人们往往误认为唯有自由地宣泄自己的情绪，精神才会健康。但是如果盲目地宣泄情绪，我们不仅有可能变得更加激动，也可能对他人实施暴力。”

朴钟锡：“没错。人们似乎不太清楚表达情绪和宣泄情绪的区别。理论上，我们应该用成熟干练的方法，合乎礼仪或时宜地表达情绪，但是人们误以为可以随意宣泄自己的情绪，所以出现了很多问题。而且当人们过于注重自己的情绪时，主观地做出过多解释的现象也会增加。例如：当别人说出对我带来伤害的话时，我并不会在了解‘为什么’之后就罢休，而是会说出‘你到底有多看不起我，所以才说出那样的话？’或‘你平时总是骂我，我绝对不能原谅你！’并将愤怒的程度扩大。此时，我们必须让自己‘客观化’，即从情绪中抽离，理性地思考问题，在和别人聊天的过程中听听别人的意见，就可以为自己争取时间，让大脑客观地看待问题。”

金惠男：“所以不是有‘生气的时候数到十再讲话’这种说法吗？因为在数数的过程中，我们可以稍微平息一下自己的怒火，避免一时冲动，话脱口而出。”

编辑：“我觉得有数到十的能力，或者能够和朋友及周围的人聊天来释放怒火的都算健康的人。但是因各种问题被孤立，或是拒绝主动沟通的人，该怎么办呢？”

朴钟锡：“有些人即使不和他人沟通，也会用自己独特的方式有效地化解让自己不舒服的情绪。虽然我们不是运用对话、冥想等方法，但是也可以通过大啖美食，运动流汗，观看战况激烈的体育赛事或电影、电视剧等，暂时缓解压力。这些方式简单直接，需要单维刺激和实时反应，多为性急的人经常采用的缓解情绪的方法。如果我们不希望自己的愤怒演变成对他人实施暴力，就应该多少采取一些行动。”

金惠男：“我的一位患者说，他生气的时候就把高尔夫球当成让他生气的那个人，尽情地打球，然后就会消气。与其说这是对对方实施暴力，倒不如说是通过猛烈地击打某件东西，然后把火气和压力一起抛到九霄云外。”

朴钟锡：“对，这是一种自我套路或自我暗示。某天在电视剧中，我看到某位医生在看诊时饱受患者的折磨，之后他走进后面的房间，猛地拍打一个塑胶娃娃，接着又笑着回到诊室。先不论这个方法好坏，重要的是他找到了让自己能够表达愤怒、摆脱愤怒的方式。”

焦虑症

过度和病态的不安

对患有焦虑症的人来说，
最需要的是某个可靠的人
在自己身边支持自己。
无论多么坚强、
多么完美的人都无法
独自摆脱这种根源性、
本质性的焦虑感。

“够了，够了！我呼吸困难，感觉快喘不过气了。”

有一次在牙科接受治疗时，我突然听到旁边的大喊大叫声，吓了一跳。患者的脸上盖着牙科专用的隔离罩，看起来这位患者似乎是因此大叫。幸运的是，医生发现患者的不适后，帮患者拿走了隔离罩，让患者重新调整呼吸，情况才逐渐稳定。

从症状上来看，这位患者可能是患有幽闭恐惧症所引发的焦虑症。一般人不会觉得有什么不适，只是一层用于隔离的橡皮材料而已，但是对幽闭恐惧症患者来说，这可能成为一种可怕的武器，甚至患者会觉得生命受到威胁。因为探索世界用的眼睛和鼻子被蒙上了，患者突然间会有一种与外界隔绝及被困的感觉，甚至可能感受到生命被威胁的恐惧。

焦虑症除幽闭恐惧这一表现外，也以各种形式存在，且与日常生活息息相关。有些人因为恐高症而不能搭乘飞机，有些人因为害怕坐火车，节假日一定要搭乘高速巴士从首尔去釜山。

不仅如此，有些人无法自己乘电梯，有些人在遭遇汽车或公交车事故后，只敢乘地铁。例如：经历过韩国大邱地铁惨案[1]的幸

---

1 韩国大邱地铁惨案：2003年2月18日，韩国大邱市地铁中央路站发生严重火灾。这次火灾共造成198人死亡、146人受伤、298人失踪。后经韩国警方调查，火灾是由一名姓金的男子故意纵火所致。

存者，有的后来再也不敢乘地铁；在韩国三丰百货公司倒塌事故[1]后，有些在事故中失去了家人的人无法再去事发地区附近，有些人甚至再也去不了百货公司和大型超市。

◑ 焦虑成疾的“焦虑症”

瑟琪一直推迟参加公司的健康检查。因为她从小就对注射针筒存有恐惧感，自小学之后连常见的预防针都没有注射过。她总是有着“如果我的血管被刺错了，该怎么办？”的想法，所以无法做简单的血液检查。

坐在瑟琪旁边的金科长，在做了健康检查后被诊断出“肝指数高”，所以医生建议他最好还是去照一下CT[2]。但是他迟迟不去医院做进一步检查，因为以前拍过一次CT，当时就觉得呼吸困难，有种濒死的恐惧感。金科长这才发现自己患有幽闭恐惧症，担心进入密室或某个机器后身体会被困其中。

跟金科长同期进入公司的崔代理，在明知这种做法不利于升迁的情况下，进入公司后从未上台做过报告，其实是因为无

1 韩国三丰百货公司倒塌事故：1995年6月29日，仅在20秒内，韩国三丰百货公司5层的百货大楼层层塌陷进地下4层内。这次事件共造成502人死亡、937人受伤，是韩国历史上在非战争年代伤亡最严重的一起事故，也是世界建筑史上建筑自行倒塌导致伤亡极其惨烈的事故之一。

2 CT：computerized tomography，计算机层析成像。

法做到。崔代理在小学六年级时突然患上了焦虑症，本来打算在毕业典礼上代表毕业生致辞，没想到真的走上讲台，站在全校师生面前说话的时候，突然浑身发抖、直冒冷汗，视线也变得模糊。最后，他在老师的搀扶下走下了讲台，此后很长一段时间里，人们的窃窃私语似乎一直萦绕在他的耳边。从那天以后，他就患上了严重的焦虑症，无法在众目睽睽之下说话或做报告。

瑟琪最后还是勉强接受了一再推迟的健康检查，但是在注射针插入体内的瞬间晕倒了；而金科长担心自己的病情恶化，每天都费尽心思说服自己，但还是没能去拍 CT；崔代理把上台用的报告材料准备得十分完美，最后发表还是要交给后辈或同事负责，因此荣耀总是属于别人。

类似以上的焦虑症事例有很多。有些希望成为声乐家的人，因为患有舞台恐惧症，每次面试都发挥不出自己的实力；有些练习时从未失误的体操选手，一到大型比赛就因身体不停地颤抖而被取消资格。

在人际关系中让我们感到不安的情况也很多，最具代表性的就是小时候因为害怕妈妈离开自己而产生的分离焦虑症。此外，还有恋人之间分手，或是约会时遭遇暴力所造成的后遗症等。

◑ 我们为什么感到焦虑?

焦虑的定义非常广泛。从广义上讲，焦虑是指我们感到非常不愉快，具有茫然的不适感，并且出现身体及心理的症状。焦虑症表现在身体上的症状，包括交感神经亢奋、脉搏跳动快速、呼吸急促、脸颊泛红、出汗或肌肉紧绷等；表现在心理上的症状，则有坐立不安、受双重情绪困扰、对可能发生的事情感到担心和恐惧等。

焦虑是精神分析的核心概念之一。如果根据结构论来划分焦虑的种类，焦虑可以分为现实性焦虑、神经性焦虑和道德性焦虑三种。

现实性焦虑是由外部环境引起的，包括社会及经济方面的因素。我们因人际关系与人产生摩擦，或因前途、未来而产生担心和苦恼等情绪，这些都属于现实性焦虑的范畴。还有，经济萧条导致市场长期不景气、考试前夕的不安、通过新闻报道看到暴力犯罪案件带来的恐惧等，也都属于现实性焦虑。

神经性焦虑是指在个体无意识的情况下内心产生的不安情绪，是在自我和本我的关系中形成的。我们生平第一次经历的焦虑，就是对生存的不安，即对主要监护人——母亲离开的焦虑。特别是在三岁之前，我们自己没有生存能力，完全依靠监护人。如果我们被母亲抛弃，就会无意识地在心中烙下“该怎么办？”的根本性焦虑，产生无法生存下去的恐惧心理，这又被称为“信号焦虑”或“预期性焦虑”。由此焦虑衍生出恐惧，这对我们眷恋的形成以及与父母的关系，将会产生很大的影响，也与长大后自我的确立及性格的形成有相当大的关系。

至于所谓的道德性焦虑，则是指在本我和超我（社会正义、道德规范）之间的矛盾中所产生的焦虑情绪。每个人都有原始的欲望，包括食欲、性欲和攻击欲，如果放任这些需求的话，可能会与社会关系产生巨大的矛盾，法律的秩序也会因此崩溃。

如果因为产生攻击欲而殴打他人，因贪欲而抢夺或偷窃他人的财物，或是因为性欲而强迫他人与自己发生性关系，那么这些将成为严重的犯罪行为，因此我们每个人都会调整自己的原始需求层次。我们有时候会调整得不错，但是在某些情况和条件下，会难以控制这种欲望和愤怒，此时这种“想压又压不住”的感受就是道德性焦虑。

事实上，这种不安本身并非消极或不正常的情况。我们与母亲离别时的分离焦虑，第一次上学、第一次约会或是求婚时的心跳加速和内心不安，都是极其正常的心理反应。此外，因为身体老化或疾病带来的痛苦和恐惧，从而产生的焦虑感也是屡见不鲜的。当我们对这种刺激产生了焦虑感时，焦虑感将会随着我们的意识而改变，或是缓解至正常状态，或是恶化到病态的程度。

此时，个体特点也会起到很大的作用。遇到同样程度的焦虑时，有的人可以忍受，有的人则做不到，这往往取决于个体的性格、生活环境、财产状况、能力或防御机制等。例如：因被骗而损失了一亿韩元的话，任谁遇到这种事都会感到焦虑，但是拥有几十亿韩元的人和只有一亿韩元的人所感受到的焦虑程度完全不同，接受这种不幸的态度也有很大的差异。

1997 年，韩国因陷入亚洲金融风暴而向 IMF[1] 借贷。2008 年发生全球金融海啸，韩国整个社会陷入经济危机中，那时候每个人的焦虑程度以及对此的反应也不尽相同。有些人因内在资源不充分而产生了极端的抑郁或恐慌情绪，有些人则以自身的韧性和耐心克服了焦虑，坚强地挺了过来。

这种情况不能简单地归结为单纯的经济能力、人脉或运气等因素的差异，而是要考虑他们的性格、处事能力和防御机制的差异。而且这些差异的产生，与其在成长过程中感受到的关爱、在人际关系中产生的信赖感以及学习调节矛盾的能力等都有很大的关系。

得到父母充分的关爱而形成健康情感观的人，会基于信赖和肯定，以人际关系为基础，在面临人生危机或人身危险的情况下，适当地抑制和调节愤怒和不安的情绪，然后将自己学习到的经验和知识升华，作为成功的基础。而无法很好地调节情绪的人，则有可能产生担心被父母或朋友抛弃的“遗弃焦虑”，这会导致其对人际关系产生慢性、深度的不信任感，因此他们只能形成以彼此利益为前提的人际关系。这些人对危机的适应能力和身

---

1 IMF：International Monetary Fund，国际货币基金组织。

体的免疫力非常弱，十分容易受挫，且恢复缓慢。他们很容易陷入自我否定中，即使没有特别的事情发生也总是对未来感到不安，并且会陷入愤怒和焦虑的情绪之中，试图回避、逃离或是否定现实，最终走向失败。

◑ 焦虑症的种类和症状

焦虑症有时会以症状或诊断标准来划分种类，如恐慌症、恐惧症、强迫症、创伤后应激障碍、广泛性焦虑症等。

恐慌症是指个体突然感到极度焦虑，呼吸困难或心跳加快，有濒临死亡的感觉，症状可持续二十至三十分钟，让人非常痛苦。

恐惧症是指在遇到特定的对象、行为或情况时，个体产生的不现实的恐惧感，而且无法克服及回避。恐惧症的代表性症状有极度害怕与陌生人打交道的社交恐惧症、舞台恐惧症、害怕被关在密闭空间的幽闭恐惧症等。此外，还有对蜘蛛、蟑螂、老鼠、注射器、刀具等特定对象的恐惧，以及对水、海洋、游泳的恐惧。甚至还有见血即昏厥的症状，通常称为“血管张力失调性昏厥”，以及不能爬上高层楼梯或建筑物的恐高症，或是不能搭乘飞机、地铁的恐惧症等。

强迫症是指内在焦虑反复出现，导致个体持续出现某种特定行为（例如：频繁地确认大门是否锁上、频繁地洗手、数数字、保持物品对整齐等），这是个体本身不愿意这样做，也觉得不合理的症状。

创伤后应激障碍是指个体在经历过恐怖袭击、地铁火灾、地震等重大灾难或事故后，因受到冲击而产生了不安感。全球2% ~ 3% 的人经历过创伤后产生了应激障碍，男性因严重的交通事故、女性因遭受性暴力而产生该症状的情况最多。

由于个体对事故的记忆反复在脑海中出现，为了避免重新经历当时的情况，个体会回避与事故有关的情况或场所。例如：有人因为一场严重的交通事故而不能再开车，有的遭受过性暴力的女性只要在路上发现有陌生男人看自己就会恐惧地躲起来，等等。此外，如果我们儿时受到过父母精神或身体上的虐待，长大后仍然对之前发生的事不断感到恐惧，并伴随失眠和抑郁症的情况，这也是典型的创伤后应激障碍。

广泛性焦虑症是指个体持续出现广泛性的焦虑的症状，有别于其他种类的焦虑症，这是指在没有特殊原因或令人不安的环境的情况下产生的焦虑。没有特殊原因，个体总是莫名地感到焦虑和害怕，经常出现呼吸频率紊乱或脉搏搏动不规则、心跳急促、胸闷、腹痛等身体不适的症状。由于这种身体症状表现得相当明显，因此患有广泛性焦虑症的人通常会先去找胸内科或心内科的医生问诊，而不是先去挂精神科。

◑ 我在比你的焦虑更近的地方，守护着你

治疗焦虑症的第一要务就是让患者先安定下来，但几乎没

有人能真正做到这件看似很简单的事情。一般来说，我们只会安慰患者："不要焦虑，你会没事的。"甚至会说："你是不是太敏感了？好像有点儿担心过度吧？"这样反而会让患者感到更加不安。

谁会因为想要焦虑而焦虑呢？"不要焦虑"是在对患者的焦虑症状丝毫没有同感的情况下说出来的话，我们最好不要这么说；"你会没事的"这句话与"不要焦虑"没有太大区别。对已经患有恐慌症、强迫症、创伤后应激障碍的人来说，不管经过一年、五年，还是十年，症状都不会有所改变，日子一样如此难熬，所以我们对他们进行诸如"不要焦虑"或"你会没事的"这样的安慰，可以说是对他们的痛苦完全没有同感的表现。

与其说出无法引起共鸣的安慰的话或建议，我们还不如选择默默地守护着对方，安静地看着对方，牵着对方的手或拥抱着对方，这对焦虑症患者来说就是80分以上的良好治疗方法。如果再进一步，我们还可以用默默注视的方法，花上30分钟乃至几个小时，持续倾听他们说话，这也会对他们的病情有所帮助。如果倾听别人说话时能够默默地抓住对方的手，或是轻轻地搂着对方的肩膀，效果会更好，因为这是在传达"你现在很安全"的肢体语言。

由于去甲肾上腺素和交感神经系统的兴奋，焦虑症患者的大脑无法进行认知性思考，也就是说，有人即使嘴上说"没关系"，大脑根本不听他的指挥。因此，轻松拥抱或身体接触对稳定焦虑症患者的情绪非常有帮助。当然，我们必须是和患者非常亲近的人，即使在进行身体接触的时候也要慢慢地靠近他们。

通过这个过程，如果我们认为患者的兴奋程度或身体症状已经得到一定程度的缓解，就可以对其进行理性及认知的接触。所谓“认知疗法”指的就是矫正被歪曲的认知的方法。

事实上，焦虑症患者感受到的不安情绪比实际情况更夸张，而且大多数情况下患者会假设自己遇到的是最坏的情况。因此，我们通常采用认知疗法对就诊的患者进行治疗，将他们夸张和歪曲的想法进行一般化理解，将错误认知矫正过来。例如：对非常害怕蜘蛛的人，告诉他蜘蛛很少会攻击人，有毒的蜘蛛也很少生存在城市里。对经历过交通事故而无法控制方向盘的人，让他知道交通事故并非无法避免的命中注定的事情，而是由意外导致的，且多是因手机铃声、音乐等导致驾驶员不能集中注意力而发生的。并且告诉他，如果他在开车时注意安全，时刻留意，事实上再次发生重大交通事故的概率非常小。

此外，我们也可以让焦虑症患者逐渐接触让他们感到恐惧或不安的环境，以减少恐惧感。例如：让恐高症患者第一天先爬上二楼，第二天上三楼，然后上五楼，以适应恐惧和焦虑的方式进行预演。就像上心理辅导课一样，按照事先安排好的进度，我们一步步地帮助患者慢慢面对焦虑，不知不觉中他们即使爬到了高处，也不会再像以前那样心惊胆战了。

对患有焦虑症的人来说，最需要的是某个可靠的人在自己身边支持自己。无论多么坚强、多么完美的人都无法独自摆脱这种根源性、本质性的焦虑感。因此，如果我们患了焦虑症，在去医院治疗的同时，还要向值得信赖的人求助。如果我们身边的某个人患有焦虑症，我们只要静静地倾听他的故事、待在他的身旁就可以了。因为比起他所担心、害怕的那些事情，更重要的是让他明白："我在比你的焦虑更近的地方，守护着你。"

无
力
感

没有什么
我能做的

无力感是一种难以承受的情绪。

在人生中我无法成为自己的主人，

只能依据周围的情况行动，

这种无力而懦弱的感觉

让我躲进了抑郁的洞穴里。

有些人可能“活得没有自我”。他们虽然嘴上说着话，但是言不由衷；他们虽然在行动，但不能朝着自己想要的方向前进。他们在别人的强迫和操控之下活着，或者依靠绝对的权威者而活，即使活在世上也好像不存在。

无力感是一种难以承受的情绪。在人生中我无法成为自己的主人，只能依据周围的情况行动，这种无力而懦弱的感觉让我躲进了抑郁的洞穴里。

自己握有自己人生的主导权是幸福的必要条件。能够操控自己的人生，掌握自己的命运，控制自己的想法，会让我产生足以渡过任何难关的信心和力量。

没有什么比丧失自己人生的控制权更可怕的事了。这种感觉就像是一个人什么事也办不到，宛如一个无助的孩子，觉得自己是非常卑微渺小的存在，只希望有人救救自己，改变自己的状况，更宛如在令人看不见的迷雾中徘徊。虽然我们不喜欢这种受人胁迫的自我压抑感，也讨厌这种别人强势干涉自己的行为，并时常为此感到生气，但是鉴于一生气就会产生令自己无法承受的可怕后果，我们必须试着去忍受类似屏住呼吸般的郁闷感，最重要的是会对自己的无力感到寒心。习惯这种无力感的人，在遇到压力或困难时很容易陷入抑郁的情绪之中。

◑ 无法控制人生，无力感的反复出现——“习得性无力感”

无力感源自童年时期的反复性经验。如果孩子在小时候经常处在难以承受的压力之下，就会对“什么都做不了”的“卑微”的自己产生说不出的无力感。

长期反复遭受暴力、患过严重疾病、被父母抛弃或得不到保护等，这样的孩子会认为自己对一切都无能为力。此外，各种身体和心理上的痛苦也渗透到孩子的精神世界，使孩子确信自己在现实中也是无能为力的。

在动物实验中我们发现，如果反复给狗进行电击刺激，它就会处于“习得性无助”的状态，即使以后有机会逃跑也不会试图逃跑。这种动物的习得性无助和人类的抑郁症之间有很多相似之处。反复经历自己无法控制的事情，也无法从这种状况中走出来，这样的孩子其精神结构中会渗出一种无力感，这种无力感会使孩子将世界万物带入自我的框架中。而且，后来当他遇到某种让他身心震撼的情况时，内心深处的无力感就会活跃起来，使他陷入无力的抑郁情绪之中。

精神分析家爱德华·贝内斯说：“抑郁和焦虑一样，都是自我的基本情绪反应。”抑郁的人会自我抑制和麻痹，似乎没有能力去面对危险。当身处绝境的时候，他会感觉自己好像被解除了武装，找不到出路，结果就会觉得自己什么都不是。当有人离开时，他也会觉得是自己没有能力、没有力量、没有价值，最终才会被抛弃。

相反，若孩子小时候与母亲的关系过于亲密，从母亲那里获得了过度的满足感，也可能产生“自己一个人什么都做不成”的无力感。倘若孩子过度依赖母亲，会觉得自己相较于优秀的母亲，是相当卑微又不起眼的存在。然后，当未来面临疾病、突发事件等类似的压力时，“自己一个人什么都做不成”的童年记忆就会再度出现，让他陷入极度的无力感之中。

◑ 在挑战之前，就宣布投降的承勋

承勋个性沉静，做事谨慎，是个踏实的青年。他虽然毕业于一所不错的大学，但因就业考试接连失败，于是只好在补习班当起了讲师。他在补习班的生活中，除了每个月固定入账的薪资外，没有一件令人满意的事情。特别是那些充满竞争的辅导班系统，让承勋很不满意，每次看到那些不能掌控自我的孩子，他总觉得自己无能为力，好像有一种被人看不起的感觉，从而内心矛盾重重。

在左右为难的情况下，承勋接受了朋友的规劝，准备参加国家教师资格考试。他为此进入补习班学习，一年后通过了第一次考试，但是在准备第二次考试的时候，突然自信心减弱，焦虑感涌上心头。

“当时我就想，通过第一次考试不是因为我有实力，而是运气好，同时对第二次考试失败的不安感越来越强烈。而且就算考试合格，我也会怀疑自己能不能胜任教师这一职业。”

随着自信心减弱及不安感的产生，承勋越来越难以将精力集中在学习上。他心里觉得很不舒服，而且开始出现消化不良、食欲减退、体重下降等身体方面的问题，即使晚上睡觉也经常被惊

醒，白天经常感到疲劳，在学习时间也经常趴着睡觉。

随着对自己的失望和对考试的不安感增加，承勋逐渐变得抑郁起来。从某一瞬间开始，他觉得自己的生活似乎看不到任何希望，陷入了彷徨无助中。

“我想说如果睡眠质量好的话，情况应该会好一点儿，所以就来找医生了。”表情悲伤又疲惫的承勋表示，“真不知道以后该怎么生活。”

一直以来，他都是被大家认可的，活在相对不错的环境中。但是面对就业考试和国家教师资格考试等需要独立完成的这类事情时，他不知为何失去了自信，经常怀疑自己能否胜任，随后自然而然地陷入了抑郁之中。

他说过去的自己经历过几次类似的情况。第一次是上高三时，在大学入学模拟考前，他经常感到身体不适、注意力不集中，自信心也因此大打折扣，最终没能实现目标。当时他以为自己只是得了“高三综合征”，即使很疲累，但还是坚持下来了。但是进入大学后，承勋再次有了类似的经历。

承勋在参加社团活动的过程中，与学长们的关系比较融洽，对学校生活感到很新奇。由于积极参加社团活动，他在大三时还被推举为某社团的社长。但是从这个时候开始，承勋的不安感再度生出。

“我开始怀疑自己能否真正带领社团好好发展，然后渐渐对自己失去了信心。而且我觉得如果我成为社长，积极帮助我的朋友将会为了课业纷纷退出社团，甚至因此产生了一种被他们抛弃的感觉。”

随着不安感的增加，承勋开始害怕去学校，看到社团办公室的门就心跳加速，觉得别人似乎在嘲笑他。于是他开始远离人群，越来越没精神，最后在休学一年后，为了逃避现实，决定去服兵役。

“小时候，我的父亲曾经自行创业，但是在我四岁的时候破产了，因此家庭经济状况陷入困境。”当时很多人来要债，甚至有的人在承勋的家里“撒野”，母亲每天哭哭啼啼的，这些在承勋的记忆中宛如电影中的一个个场景。此后承勋的父亲经常酗酒，每次醉了都对妻儿恶言相向、拳打脚踢。

每次发生这样的事情，母亲都会哭着对年幼的承勋感叹自己命运不济。承勋想尽办法，希望能重振家业，并让母亲过得幸福，因此更加专注于学业。但是父亲常常因为承勋的一点儿小失误就把他骂得狗血淋头，他拿了全校第一名，父亲不但不表扬他，反而当面斥责他：“不过是在学校拿了第一名，就值得骄傲吗？”

◑“你是一个比自己想象中更好的人”

当人们面对自我难以承受的现实时，心理就会受到“伤害”。根据安娜·弗洛伊德的定义：“所谓外在伤害，是指刺激和自我实际能力之间的隔阂。”这种外在伤害的刺激会给我们带来压迫感和空虚感。所谓空虚感，是指一种无力、无助的感觉，一种在死亡的威胁下被剥夺自我意志的感觉，一种毫无希望的、被困住的感觉。

牵动承勋情绪的无力感在他小时候就出现了。由于家庭经济陷入困境，承勋第一次体会到了人世的可怕。面对因为无力而叹息的母亲，他的无力感进一步深化，加上对折磨家人的父亲无可奈何，承勋更加感到无法保护母亲的自己是多么卑微又无助。

最让承勋感到无力的是，即便如此，他也无法摆脱这种家庭关系。小时候承勋总觉得自己在迷雾中徘徊，迫切地希望有人能引导自己走出迷雾。但是现实中并没有人能为他指引方向，最终他只能一个人面对。他还说："我就像迷路的小孩一样，一直在迷途中活到现在。"

随着治疗的进行，承勋开始慢慢发泄儿时的恐惧和愤怒情绪。同时他也发现，自己自认为是个落魄、渺小、无能的人，这并非自己真实的面貌，而是因为小时候的伤痛在自己的心里烙下了印记。

承勋一直认为自己读书时成绩很差，没有一件事做得很好。我说："你不是毕业于韩国顶尖大学——××大学吗？"他马上辩称，那是自己运气好，侥幸考上了××大学，虽然临时抱佛脚，但是运气很好，混到了毕业而已。

"看看现在的我吧，大学毕业后，至今未能找到一份像样的工作，只有不断的失败。我真是个辜负家人期待、令人失望的人。"承勋不知道"临时抱佛脚就能取得好成绩"，这需要自身有很大的潜力才行。我告诉他，在面试中表现得没有自信，某种程度上会影响他被录取。但他认为这是因为自己没有能力："不，那都是由于我不够出色，因为我是没有能力的人，所以才会得到这样的结果。"

我觉得承勋就像一个在不断努力证明自己无能的人，而且在这些话和行动的背后，隐藏着他对父母没有能力的谴责和控诉。

在服用少量抗抑郁的药物进行治疗，以及接受心理咨询的过程中，承勋逐渐从抑郁的情绪中走出来。在讲述儿时的记忆时，他吐露出当时自己压抑的恐惧和愤怒等情绪，然后逐渐找回自信心。换句话说，以前一旦将内心真实的情绪发泄出来，承勋就会害怕自己像父亲一样情绪失控，然后行事变得粗暴。现在承勋将这种情绪宣泄出来反而感到轻松，也恢复了控制自我情绪的信心。

此后，随着药物治疗和心理咨询的持续，承勋逐渐发现了自己的长处。在这么困难的情况下，他都没有行为脱序，也没有放弃自己，而是努力奋斗，终于成就了现在的自己。他原本认为没有人会喜欢自己，也不会有人爱上自己，但是后来发现真正在身边关心自己、为自己着想的朋友也不少。而且随着他重新找到希望，期待自己成为更优秀的人，承勋或许就可以摆脱一直压抑着自己的抑郁和无力感。

◑ 做自己人生的主人很重要

我们都说人类是万物之灵，但事实上人有时候也是无能为力的。人无法决定自己的出身，也必须做许多自己不愿意做的事情。不仅如此，人还会生病，会经历生离死别，也无法决定自己生命的长短，所以说人也是一种无能为力的存在。

人类会经历生老病死等无法由自己的意志控制的事情，但并不会总是被无力感困扰。人在成长过程中，会进行大大小小的尝试和挑战，并通过成功和失败积累经验，使得愿望和欲望进一步得到实现和满足。但是像承勋这样的人，会因为小时候反复经历挫折而产生无力感，此后一直到长大成人，在每件事情上都会表现出无力的样子。

无力感是一种非常痛苦且让人难以忍受的情绪。因此我们在治疗的时候，帮助患者克服这种无力感就非常重要。事实上，对抑郁症有效的认知疗法也是帮助患者克服无力感的方法。

自己能控制自我的想法并借此改变自己的情绪，这种经验会让那些抑郁的人重新找回做自己身心的主人的感觉。如果他们能够控制自己的情绪，那就意味着他们自己有能力面对这种死亡般的无力感和抑郁情绪。

就像但丁的诗句一样："在人生的中途，我迷失在黑暗的森林中。"抑郁情绪和迷路的状态很相似：患者在这种无助的状态下迷路，在恐惧和痛苦中挣扎。因此，我们首先要告诉患者如何从黑暗的迷雾中走出来，这才是他们迫切的需求。在这种情境下，认知疗法对因患有严重抑郁症而痛苦的患者来说可以发挥最大的作用，而且走出迷雾也有助于对患者的心理困境和矛盾进行更有效、更系统化的介入。

自残

自我
伤害的人

世界上所有美丽而珍贵的花朵，

都是在枝头迎风绽放的。

如今你承受着猛烈而痛苦的磨炼，

只是因为想要开出美丽而珍贵的花朵。

虽然我在医院见到过各年龄层的心理疾病患者，但是青少年的情况更让人担心。那些心灵和思想还不成熟、稚嫩又柔弱的孩子，对如何健康地化解家庭、学校和社会带来的压力和创伤并不十分了解。因此，孩子们有时会采取暴力性、攻击性的错误方式，其中不乏将暴力和攻击指向自己的情况。

自 2007 年以来，自杀一直位居韩国青少年死亡原因的首位，韩国也是 OECD[1] 国家中，青少年自杀率第一的国家。十多年来，无数青春洋溢的孩子被推到生命的彼岸。为什么这种情况非但没有好转，反而越来越严重？这着实令人焦虑，而且近几年韩国自残的青少年越来越多，让人的心情更加沉重。

不知从何时起，在青少年之间开始流行上传自残照片或视频的行为，这类现象很快蔓延开来。从 2018 年下半年开始，在社交媒体上有关自杀的言论就有数万条，甚至出现了将自残的人称为“自害者”的新造词。

统计资料显示，每四名青少年中就有一人曾经对日常生活的艰难深感悲伤、绝望和抑郁。自残是青少年呼喊着心灵痛苦的求救信号。另外，青少年将愤怒、恐惧和抑郁指向自己，也表明他们需要被人深入理解，同时需要温暖而慎重的对待。

---

1 OECD：Organization for Economic Cooperation and Development，经济合作与发展组织。

◑ 需要某人温暖的手，东浩的呐喊

东浩从初中一年级开始就遭到排挤，没有特别的理由，只是被班上最有人气、最受欢迎的同学盯上的事实成了导火线。

外貌平庸、身高一般、成绩普通，父母的财力比中产阶级稍差一些，这些都不足以保护东浩不受排挤。虽然没有集体打人及抢钱的行为，但大家就是无视东浩的存在，开始只是排挤他，最后学校里没有人敢跟东浩说话。

忍无可忍的东浩选择了转学，但是在转到新学校后依然被孤立。他在以前的学校被孤立的消息，从转学第一天就扩散到新学校，于是再也没有人理睬他。虽然东浩希望自己退学或转学到完全陌生的环境，但父母除了说“再坚持一段时间”外，没有给予他实质性的帮助。

对父母的态度感到绝望的东浩，有一天因为无法忍受委屈和怒火，用自己的额头撞墙。这可以说是一种示威行为。

东浩一边喊着“我现在活得这么累，为什么爸妈都不理解我？这不是我的错，为什么要说我很奇怪？”，一边用自己的额头撞墙。但是父母的态度让东浩感到慌乱不安。过去东浩跟父母说过无数次自己很累、很生气的话，他们都听得很不耐烦，这次父母的态度却明显不同，他们对他的言谈举止紧张起来。

“从那天起，我的父母就变了。关于我做了什么、状态如何，他们一天问好几次，还亲自来学校看我。原本他们只会告诉我：‘男孩子这点儿事情怎么都不能忍受？如果在这里无法适应，到别的地方也是一样的。’总是怪罪我的爸爸，现在只要听到屋里传来额头撞墙的声音，就无条件地跑过来安慰我。”

东浩需要关心和爱护，想从父母那里得到朋友和学校老师都给不了的那种关爱。后来他自残的方式和强度都逐渐增加，幸好父母没有再唠叨，而是更加关心东浩。

东浩自己也知道这种方法不好，但是根本想不出其他办法来缓解孤独和抑郁感。

“我实在太累了，也不知道是想要这样大声呐喊，还是纯粹想死。”

在深深的混乱和内疚感中，东浩感到非常无助，也无法停止自残行为。

◑ 危害自己的残忍利刃——自残

自残是指自己主动伤害自己身体的行为。这与自杀的行为稍有不同，自残是一种愤怒或抑郁感的爆发、行动化和宣泄手段，是一种行为模式，可以视为自我伤害的一种情况。当我们自己无法承受这种抑郁和愤怒情绪时，就会产生过分责怪自己或自我惩罚的行为。若我们平时无法消除这些情绪，当累积在身体内的抑郁和愤怒情绪爆发出来时，我们就会表现出冲动的攻击性行为。

自残的理由有千百种。例如：太讨厌自己，或是虽然很厌恶别人，但是更害怕直接加害他人，又或者遭遇困难、被过度约束，这些时候，伤害的目标就会指向自己。有人因为荒唐的失误搞砸了重要的演讲，进而捶打桌子轻度自残，最后无法抑制愤怒，用拳头捶打墙壁或打碎玻璃窗，致使手腕或身体多处受伤。类似的行为还有很多。

有人虽然心里对某些人恨得要死，但不能付诸实际行动去伤害对方，于是只能自残。有人对关系亲密的家人表现出一时的愤怒或攻击行为时，也会觉得内疚或进行自我惩罚。因为一时愤怒爆发而走向极端是任何人都可能经历的事情，所以我们没有必要用自残来责备自己。

此外，自残还有暂时缓解紧张情绪的作用。愤怒和冲动会导致大脑处于极度兴奋的状态，去甲肾上腺素和多巴胺的指数会急速上升，人们对所有刺激会呈现过度敏感的状态。此时，自残行为可以暂时缓解心理上的情绪爆发，调节一下兴奋的情绪。

因自残而产生的痛苦还可以促进 β-内啡肽的生成，这种物质能给人带来快感。因此，有些人为了获得这种快感而反复自残。但这种快感只是暂时性的，为了获得这样的快感，持续性的疼痛是必要的。因为疼痛获得的快感会产生一种“抗药性”，所以最后自残行为的强度会逐渐增大，频率也会增加，自残者将会越来越危险。

自残不仅会带来心理创伤以及肉体疼痛，往往还容易演变成自杀行为，我们更需要用心留意。有人会说：“真的想死的人会自残吗？应该会选择更直接的方法吧？”这是非常错误且不经大脑思考的说法。

自残的人当中，肯定也有因为想死而冲动为之的。试图自杀的人中几乎没有人一次或两次就成功的，平均而言，大多数经过四至五次的尝试才成功。很少有人从一开始就采用确实可行的方法，因为虽然下决心要死，但一想到要死，还是会担心和害怕。

况且即便是累得半死又痛苦万分的人，也会尽可能地寻求不至于置自己于死地的解决方法，并且迫切地希望有人能够制止自己的行为，自始至终对自己伸出援手，这是再明显不过的事实。因此，患者最初的尝试很可能以不伤害身体的比较轻度的自残行为结束。但是我们不能忽视这一点。自残的人在通过几次尝试之后，在习惯化的过程中，抑郁情绪会更加严重。

从某种角度来说，自残的人可能并不是真的想要寻死，而是为了忍受想死的欲望和绝望而拼命努力和呐喊。如果周围没有人听到这种呐喊，无视他们，最后患者很可能真的自杀身亡。

因为反复陷入绝望和孤立感，东浩的抑郁症变得更加严重。然而东浩那忙于生计的父母、补习班的班主任及周围的朋友们，都没有响应东浩的求救信号。最后为了传达这种呐喊，他只能采取极端的手段。

当然，在反复自残的人当中，有些人并不想死，他们为了避免被特定的对象抛弃而将自残当作武器。例如：有人会因为无法接受恋人提出分手而自残，如果这样下去，此人以后每次遇到分手危机都可能用自残的方式应对。

此情形也可视为一种边缘性人格障碍，这种患者极度害怕被某些人抛弃而变成孤身一人，并且持续受被抛弃的焦虑困扰。为了不被抛弃，他们会伤害自己，使对方产生愧疚感，以操控对方，达到自己想要的目的。他们会表露出冲动的言行，巧舌如簧地怪罪别人，或者为了达到目的而反复自残，但只会是不对身体造成大碍的轻度自残而已。

然而我们不能因为这些人没有想死的冲动，只是反复进行自残就等闲视之。因为他们将体内潜藏的攻击性表现为自残这种非理性行为，所以在接受专业治疗的同时，也需要家人或朋友等关系较为亲密的人士对其进行持续关注。

◑ 你现在之所以生病，是为了绽放美丽的花朵

在和东浩面谈时，我告诉他："即便如此，这个世界也是值得生活的好地方，总有一天会有好事发生在你的身上。"但对东浩来说，这只是暂时性的安慰，一点儿也没有治愈他受伤的心灵。

看着东浩的手腕上一道又一道新增的伤痕，无数的心理学书籍都淹没在我的脑海中，我再也没有说出徒劳无功的安慰的话，只是比任何时候都敞开心扉，真心诚意地向他致歉，说对自己没能给予他任何帮助和安慰感到非常抱歉和万分羞愧。

"我究竟怎样做才能帮助你？"

脱下医生的工作服，我带着疼爱和担心弟弟的心情问东浩。但是他回答"不知道"，然后毫无生气地叹了口气。我以虽然很不自然但是真心想伸出援手的方式，给对周围的朋友、老师甚至父母都刻意回避的东浩写了一封信。

其实时间久了，一切也都不会好起来，反而可能会变得

更糟一些。但是我认为世界上没有比自残更伤害自己，也更糟糕的情况。希望你到了二十岁、二十五岁，甚至到了像医生我如今的年龄时，能再回想一下现在。

也许你会笑看浮现在脑海中的往事，也许你依然会以一种疲惫的心情回首如今的点点滴滴。但是至少你应该会有所感悟——

“我终于熬过了这一刻。虽然累得要死，但我并没有死，而且好好地坚持了下来。”

我相信那时你会为自己感到很自豪。而且，你忍受着这些庞大痛苦的时刻，一定会成为你生命中每个瞬间最大的力量和原动力。我很确信这一点！

身为精神科医生，对东浩只能说这些话，我真的感到很惭愧，但得出的结论是，一个孩子所经历的悲伤和深刻的痛苦，最终只能用爱来治疗。

无论是最亲近的父母，还是曾经伤害过他的朋友，或是其他像我一样的医生，只要有一个人能够紧紧握住孩子的手说：“很累吧？我懂你的心情。无论何时，我都会为你加油，都会爱你！”我相信孩子一定会重新找回健康的心态。而且我很希望东浩能够自己爱自己。

“世界上所有美丽而珍贵的花朵，都是在枝头迎风绽放的。如今你承受着猛烈而痛苦的磨炼，只是因为想要开出美丽而珍贵的花朵。”我期待着有朝一日，东浩对我所说的话，会灿烂地笑着表示赞同。

职场妈妈的苦衷

身为
职场女性

职场妈妈面临的最大问题
是她们对职场和家庭
这两个环境中的日常工作
都要承担重大的责任。
尤其是大多数上班的母亲，
她们会因为无法为子女
提供适当的照顾而感到内疚。

一天要上两次班的人，就是已婚的职场妈妈。她们早上去公司上班，晚上回家上班，连喝杯咖啡的闲暇时光也不能尽情享受，整天为生活奔波，而且经常吃力不讨好。

不过经过二十多年的光景，如今双薪家庭已经不再是可以选择的，而是必须如此。在这种急速变化的社会中，需要同时在家庭和社会中扮演两种角色的女性，不仅会经历更多的矛盾和混乱状况，往往也会被抑郁症困扰。

美国女性医学专家布伦特·博斯特博士将饱受这种矛盾困扰的女性称为“忙碌女性综合症候群”。根据她的研究，美国 25 ~ 55 岁的女性中，有四分之一的人出现过体重增加、性欲低下、抑郁、疲劳等症状。而韩国女性“蜡烛两头烧”的情况尤为常见。

下班后，男人往往理直气壮地休息，认为“我工作回来了，现在该放松一下了吧”，但是女性因为在公司工作了一天而对孩子和家人感到内疚及自责，会急忙穿上围裙操持家务。女性一整天行色匆匆，疲惫的身心无法得到充分的休息，身体处于慢性疲劳和紧张状态，抑郁感也会与日俱增。印象中，以前我也对老公抱怨过这一点，结果他语带讥讽地说“谁叫你生为女人”，让人听了为之气结。

社会中有生为女人便应被视为原罪的思想，我们想要以女性的身份自居，并且保持这种地位，为了自我实现而向前迈进，也许从一开始就是吃力不讨好的事情。即便如此，我们至少也应该找到相应的策略好好地抚慰自己。唯有如此，我们才不会心痛。

◑ 职业认同感和女性认同感

工作能力强的男人很帅气。那么，工作能力强的女人，也是帅气的女人吗？很难说。男性的职业定位会为其身为男性的认同感增添力量，使其成为更强、更有魅力的男性，亦即在职场上得到认可、具有能力的男人，同时也会上升为有能力的丈夫和父亲。女人却恰恰相反。

以女性为例，职业认同感反而会与女性认同感产生冲突，进而引发矛盾。

女性在成长过程中，注重与他人的关系，由于善于倾听他人的诉说，因此容易与他人产生共鸣，建立关系的能力也会越来越强。此外，女性通常也会认为建立良好的人际关系是非常有价值的事情，并且在这种人际关系中发现自己的价值所在。换句话说，很多女性认为与周围的人建立良好的关系，照顾好他人，是女性价值的最高体现。

但是妇女通过职业活动进入传统男性的世界的过程中，这种价值又会与其他价值发生冲突。在社会体系中，人们更加关注生产力和成就感，而不是建立关系，这种氛围对注重人际关系和认同感的女性而言会产生矛盾。

职场妈妈最大的苦衷并不是社会对职场妈妈有偏见，也不是职场环境对女性缺乏关怀，更不是缺乏晋升机会，而是职场妈妈对究竟缺乏什么、可能做错什么的怀疑，以及对自己摆脱传统女性形象的愧疚感。也许这种角色矛盾是部分职场妈妈所共同具有的矛盾。

我在担任实习医生的时候和大学同学结婚了。然后我在没有按照预期规划的情况下，新婚期间就怀孕，怀孕初期正处于在外科实习的阶段。当天在加护病房接连出现了必须给三名患者进行心肺复苏术的情况，医院人手不足，医护人员跑来跑去，忙得不可开交。在这种情况下，我看着眼前生命垂危的患者，实在无法说出“我怀孕了”这句话，陷入了进退维谷的境地。

于是，我首先紧急抓起人工急救苏醒球（AMBU-bag），而且只要一有状况，就赶紧跑过去实施心脏按压。虽然感到腹部紧缩，但我只能希望孩子平安无事。然而，我在当天晚上就流产了。那是我第一次后悔当医生，觉得自己对流产的胎儿犯下了无法饶恕的罪过，因没能保护好腹中的胎儿而自责、痛哭良久。不过即便如今我再次面对当初那样的情况，也无法确定自己能够做出什么选择。究竟会遵循医生的本能进行急救，还是依照妈妈的本能保护胎儿，我仍旧无法轻易回答。

包括我在内的许多职场妈妈，都饱受未能好好照顾家庭和孩子的内外指责的折磨。身为女性，在成长过程中会收到双重指令，我们在职场上要像男人一样去感受、思考、行动，在家庭中则要保持传统良家妇女的持家模式。换言之，作为传统女性的认同感和社会认同感需要统一起来，在这个过程中，很多女性会感到不安、混乱及内疚。

这两种相反的认同感的统一，其实不仅是女性的问题，也是人类社会为了维持和发展所要解决的问题。但是很多人冷眼旁观，让一些女性自行整合这两种认同感。为了让自律性认同感和关系认同感真正融为一体，我们不能只在女性内部进行整合，首先应该实现社会整合，必须让男性和女性都认可及表达各自的特质。

◑ 女超人的悲哀

在必须靠双薪才能养家的时代，现代女性面临的最大问题是如何协调好工作和家庭两者之间的矛盾。从针对职场妈妈进行的心理调查来看，大多数妇女认为，她们的成功同时存在内在和外在的障碍。

很多工作的女性不得不打破母亲的传统角色形象，这势必会导致内在信任体系的矛盾。女性在潜意识中觉得自己应该成为完美的主妇、母亲和职场女性，因而对自己破坏了母亲这个理想形象感到内疚。

职场妈妈面临的最大问题是她们对职场和家庭这两个环境中的日常工作都要承担重大的责任。尤其是大多数上班的母亲，她们会因为无法为子女提供适当的照顾而感到内疚。

职场妈妈往往感到严重的角色矛盾，这种矛盾的来源是职场妈妈需要同时扮演两种角色，而这两种角色有时是相互矛盾的。因此，职场妈妈常常感到疲劳及不安，总感觉有什么东西在背后紧抓着自己，有些人甚至会出现恐慌症状。

或许有人会反问："上班时不要想家里的事，回家后不要考虑工作的事不就得了吗？"但是女性在职场中往往也会成为"心理的父母"。虽然同为父母，但是父亲进入公司后，很容易忘记子女的事，会全身心地投入工作之中。例如：身为朴科长和民俊的爸爸的男性，就不会像女性一样，同时在公司扮演两个角色。但是妈妈不管身在何处都会承担着母亲对孩子的心理责任。她们会担心孩子现在在哪里，谁接送孩子，以及孩子现在在做什么事等，这些想法总是会萦绕在她们的脑海中。而且在担心孩子的同时，她们也感到了强烈的不安和内疚。

即使女性毫无问题地扮演着上班族和母亲的角色，想要去做运动或整理外貌，或是偶尔享受独处的时间也是奢侈的想法。另外，即使丈夫经常协助育儿或做家务，大部分女性在工作和家庭之间也会感到矛盾。这些矛盾会带来疲劳感、情绪剥夺感和愧疚感。

◑"既然如此，就该开开心心、幸福地完成它"

回首往日时光，我最后悔的是没有好好享受生活。身为职场妈妈，我虽然同时扮演了传统女性和社会女性的角色，却没有完全乐在其中。无关乎做得好不好，反正这些都是我的角色，也是我生活的一部分，既然如此，我就该开开心心、幸福地完成它，没有做到这点，我感到非常后悔。

当时我未能享受养儿育女的喜悦，总害怕成为自私自利的妈妈，导致孩子有所欠缺，所以一直靠不停地督促孩子又折腾自己过活。我并没有享受上天赋予我的才能，反而总是担心被别人追上，拼命工作及学习。相较于尝试着向家人请求协助，我更倾向于自己埋头苦干。

如果可以回到从前，我会在孩子婴幼儿时期尽情地和他们一起玩乐。然后当我再次回到职场时，至少在工作中，希望能放下对孩子的责任感和愧疚感，尽情地享受工作的乐趣，发挥自己的能力。我经常将这种后悔和迟来的体悟，传达给那些身为女性上班族却感到混乱和愧疚的职场妈妈。

孩子很快就会长大，迫切需要妈妈关怀的时间有限。孩子成长到一定年龄就不再时刻需要妈妈的照顾，那时妈妈再去找工作也不迟。当然，在当今这个竞争激烈的社会，这样的想法或许不容易实现。但是我认为，女性在养儿育女的过程中，只要不懈地努力培养自己的职场能力，就一定能够重返职场。当然，这个职位可能与没有空窗期、持续工作的情况有落差，但是我认为相较于子女的幸福成长，这个落差不足挂齿。

如果妈妈不得不在孩子婴幼儿时期上班的话，那么相较于和孩子在一起的时间长短，和孩子相处时的质量将更加重要。下班回家后，职场妈妈往往连换衣服的时间都没有，就会被孩子吵着要抱抱。这时候，如果她说等一下，然后换好衣服、洗完手，再把家里收拾好，最后把孩子抱在怀里，等待已久的孩子会感到很失望，感动的心情也会减少一大半。如果在孩子十分渴望妈妈陪伴的时候，妈妈可以满足孩子，陪孩子一起玩耍，那么即便白天妈妈不能陪在身边，孩子在一定程度上也可以得到满足。饭晚一点儿吃，房子脏乱一点儿并不碍事。所以，当孩子跑来要求抱抱时，妈妈只要立即抱住他们，尽力地满足孩子就可以了。

父母的欲望

大人的欲望
毁了孩子的未来

难道因为我还没有当父母
就不能理解她的心情吗？
如果我也为人父母的话，
真的会了解自己的孩子吗？
这不就是傲慢的父母
惯常对孩子生出的唐突错觉吗？

2018年年底，韩国一家电视台制播了名为《天空之城》的电视剧，讲述的是为了使子女挤进名牌大学而不顾一切的上流社会父母的扭曲欲望。他们希望子女成为拥有权力、财富和声誉的人，并坚信为此必须通过“名牌大学”这一关。

贯穿整部电视剧的主题，或许就是“大人的欲望毁了孩子的未来”“我这么做都是为了你，都是因为爱你，你还小，不了解这个世界，等你长大为人父母时，就能完全体会我的心情了”这些耳熟能详的话，道出了父母总是为了督促及鞭策孩子达成自己的最高理想而操纵孩子的现实。

这部电视剧太写实、太冷酷，也太令人感伤。对如今依旧以成绩挂帅、以考试为主、以成功为前提的我们来说，这部电视剧起了很大的警示作用：究竟什么是真正的幸福？什么是真正为了孩子？什么是爱孩子的表现呢？

这部电视剧的收视率高达20%，并且引发热议，成为社会大众讨论的焦点。然而我们不能只把它当成有趣的电视剧来看待。部分仍然将考第一名和进入名牌大学视为获得成功的快捷方式的家长，会不会因此发现原来还有大学应考指导员这个职业，然后试图去找寻这个门道？我们是否应该更认真地竭尽全力去走一条有别于他们的路？我们是否应该担心自己绑在孩子脖子上的缰绳拉得太紧了呢？

“是不是太夸张了？难道真要做到那个程度吗？”

也许有人会这样说，但遗憾的是电视剧中的情节与现实生活并没有太大区别。难怪在这部电视剧播出期间，我的脑海中浮现出许多接受心理咨询的学生和其父母的画面，他们的形象都与剧中人物如出一辙。

◑ 通过精神分析学观察到的《天空之城》的各个角色

· 把自己的自卑感投射到女儿身上，获得代理满足感的“韩瑞珍”

韩瑞珍是个将不被婆婆和丈夫认可的自卑感投射给女儿，并借此取得代理满足感的人。她想让女儿考入首尔大学医学院以提升自己的自尊心，但是无法理解女儿与自己是不同的个体，将自己扭曲的占有欲和强迫性的对某些事的执着误以为是对女儿的爱。

她隐瞒了自己本名郭美香的这个身份，编造了自己是“银行行长之女”的身份，却害怕真相大白，于是在不断攀比、排序、评价别人的同时，也常常担心自己得不到他人的认可，表现出一种情绪不稳定的边缘性人格倾向。

· 试图通过暴力和破局的方法消除不幸的过去，并获得补偿的“金珠英”

金珠英是个对女儿有着不正常的执着，并涉嫌为了成功而杀死丈夫的人。她的行为过于极端，以及她亲手毁掉亲生女儿的人生而产生了失落感和挫败感，这些导致她具有想借由搞垮别人的家庭以缓解这种情绪的反社会人格障碍的倾向。

这个角色从现实角度来说有些太夸张了，不过她象征着大部分人通常会具有的劣根性，包括嫉妒、攻击性和破坏性等。

·懦弱的小王子，一辈子依赖母亲而迷失自己人生方向的大小孩“姜俊尚”

相较于大学应试成绩全国第一、首尔大学毕业、医学院教授等闪闪发光的头衔，姜俊尚有着很强的自尊心和表面化的人际关系，还表现出自恋型人格障碍。他是一个无视晚辈及下属，表现出肆意剥削他人倾向的人。即便他年过五十，生活中的大小事还是要询问自己母亲的意见，表现得过度依赖母亲。他不断被和朋友比较所产生的自卑感折磨着，过着爱比较和被比较的人生。

·被完美主义和自卑感囚禁，只拥有表面权力，被疏远和孤立的父亲“车民赫”

车民赫是个想要控制所有事情，执着于秩序和完美主义的强迫性人格障碍者。虽然他通过与权贵家庭联姻，提高了自己身为洗衣店老板儿子的身价，但是相较于含着金汤匙出生的医生和检察官，他甚至在面对自己的妻子时内心也不断感到自卑和不安。虽然他将自己的自卑用“权威的暴力型养育以及以金字塔为象征的等级化”包装起来，却无法摆脱内心的自卑感，是个将所有不安的原因都投射给他人的不成熟的人。

· 继承欲望而非真爱的可怜孩子，医科大学是人生全部的空虚的“艺瑞”

艺瑞不具备成熟的人格，也没能从父母那里学到对他人的同理心，只继承了父母的自卑、愤怒、嫉妒和憎恨等负面情绪。她是一个典型的反应性依附障碍症患者，不能把妈妈的欲望和自己的梦想区分开来，而是把妈妈的缺点原封不动地内化，并据此生活下去。她无法理解他人的情感，为此受尽心灵的煎熬，内心也无法平静。因此，如果考不上首尔大学，她就会陷入“自己的人生什么都不是”的危机中，表现出强迫性人格倾向。

· 因幼年期和学生时期缺乏关爱，为了得到补偿，拼命复仇而痛苦的小大人“慧娜”

慧娜的母亲是个体弱多病的未婚妈妈，这使慧娜必须独自解决生活中遇到的问题，幼年时期慧娜没有这个年龄段的孩子该有的单纯和天真的个性，在完全以目标为导向的生活中长大。高中阶段她有着超乎同龄人的缜密思维，像大人一样聪明地思考问题。在成长过程中，由于父母不在身边，她有很长一段时间处于“错误”循环中，这种心理匮乏的倾向就像人生没有明天一样。她以一种鲁莽、极端的姿态，表现出执着于复仇、易怒，以及难以控制自己的冲动等问题。

· 戴着面具生活的说谎癖及虚谈症患者，直到得到母亲的信任和支持，才从与父亲之间虚假的眷恋关系中独立出来的孩子“世丽”

世丽企图编造出“哈佛大学学生”的虚假自我，以逃避父亲的期待和本人的自卑感。她的这种行为可以解释为虚谈症或早期妄想。即使一直为自己的谎言感到不安和痛苦，但因为害怕失去父亲的关爱，她仍选择执着于虚假的自我。最后当一切被揭穿，她才摘下面具，放下虚荣心，脱离了与父亲的病态眷恋关系，找回了成熟和有尊严的自我。

· 在令人窒息的家庭环境中，唯一的正常人物，扼杀了自己的情感和想法的可怜孩子“艺彬”

艺彬的爸爸妈妈和姐姐都有着相同的势利倾向。在令人窒息的家庭环境中，拥有正常品格和性情的她反而被视为不正常，因而她的内心感到十分矛盾。她试图通过偷东西等不良行为，消除由于自己的意见和情感被家人彻底忽视及低估所产生的抑郁感和被剥夺感。她完全没有健全的人生榜样，在对家人的恐惧感和排斥感中快速地依赖起家教慧娜。

◑ 儿子要做法官吗？要当医生吗？

事实上，不用拿别人的故事来举例子，我本身就如同电视剧中的孩子们一样，是“裙带风”“课外辅导”“应试地狱”的受害者。

儿子，你要当法官、检察官，还是医生呢？

从小学开始，这句话就让人听得厌烦。世界上的职业又不是只有法官、检察官和医生，大学又不是只有法学院和医学院，为什么母亲会向年幼的儿子提出这样的问题，并强迫他回答呢？当时，年幼的我也感到胸口像被什么东西堵住了。

那是在我读高中的时候，当时上科学高中特别班的我，到了深夜一点才结束补习班的课程回家。我每天除了准备学校课业、内审资料、上补习班、参加竞赛外，没有其他事情可做，也没有时间做其他事情。当时我才 15 岁，母亲告诉我，如果没考上科学高中和首尔大学，人生就注定要失败。我实在不能理解母亲的话，但是无论如何还是会十分努力地读书。

“输给他，妈妈在我们小区里怎么抬得起头呢？”

“他没有上补习班，住的房子也没有我们的房子大，你不觉得羞愧吗？我真羡慕他妈妈。”

这些话让我觉得自己成了罪人。为了母亲，我硬是勉强自己拼命念书。当我在班上拿到第一名时，母亲说：“干得好，但是你还可以做得更好。”在我拿到年级第一名时，母亲不停地鞭策我说：“不能自满。直到考上科学高中为止，让我们继续保持这个成绩吧！”

“妈妈”这个称呼，已经不再是温暖的存在。有一天，我实在太伤心、太委屈了，就问母亲：“妈妈，您自己的功课也不好，爸爸也没有上过名牌大学，您为什么要这样要求我呢？”

“这都是为了你好啊！你像你叔叔一样做个医生，才不会被他人瞧不起。而且，既然你为了学习已经付出了心血，就应该毕业于韩国最好的大学——首尔大学医学院，将来才能获得最好的待遇。”

我问母亲：“为什么非要像叔叔一样成为医生，我才不会被别人瞧不起？为什么要毕业于首尔大学医学院，我才能得到最好的待遇？而且，我为什么一定要得到最好的待遇呢？”但她回答：“只要你长大成人，就会明白了。”

我从初中开始就梦想成为《体育新闻》的记者，希望有一天能采访韩国著名的棒球投手朴赞浩。有几次我态度很认真地向父母解释“自己为什么会梦想成为记者”，而且坚信别人对我的评价并不能左右我日后的幸福。我坚信作为父母，如果他们真的爱我，就会尊重我的意见，并且理解我的想法。但是我无法抵抗“这是妈妈一生的愿望”这句话，因为我必须是母亲的骄傲，必须做个乖孩子。

我原本很期待母亲能够认同我想做的事、想过的生活。但是她冷漠地用大人的眼光、社会的标准来衡量我。她并未试图说服我、理解我，而是说：“如果你不听妈妈的话，以后就会后悔。等你长大以后，就会知道妈妈的话都是对的。”

我现在已经长大，成了母亲期盼已久的医生，但是依然无法理解母亲当时的想法。不，准确地说，我更明白母亲的想法错了。虽然母亲说不听她的话长大后我会后悔，但是我现在真的很后悔当初听了母亲的话。我从来没有后悔当医生，但是后悔当初放弃自己的梦想，在母亲的绝对权力面前低头屏息。如果是儿子盼望已久的梦想，母亲应该可以让他尽情地尝试一次吧？因此，我也埋怨过母亲。

在 22 岁的那年夏天，身为医科大学学生的我，有机会和母亲促膝长谈。当时我已经长大成人，想要试着弥补年少时的遗憾，于是小心翼翼地告诉她："现在我理解母亲的心情。"然后问母亲有什么想法。

"对不起。"

令我惊讶的是，母亲对我说了"对不起"。啊！听到这话，我以为母亲也对我怀有歉疚的心情，过去那段时间堆积的对母亲的怨气瞬间像雪一般融化了。但是没想到母亲接下来说出口的话，让我非常震惊。

"我没能把你送到首尔大学医学院。"

天哪！母亲误解了我难过的理由。当时，一些原因导致我们家的经济陷入困境，原本到我高二为止还能支付的高额补习费到高三时就无以为继，而且别说上补习班了，我连买题库的钱都没有。我的成绩因此下降，结果我没能考上首尔大学医学院，母亲认为我会埋怨他们。在那段漫长的岁月里，母亲误以为我也像她一样，想考上首尔大学医学院。

◑"不要把你的贪念包装成孩子的梦想"

成为精神科医生后，我发现世界上……不，在韩国，像我母亲这样的人太多了。担任住院医师第一年的夏天，那是 7 月的某一个晚上，我接到了急诊室的电话。

“您是精神科值班医生吧？ 14 岁的禹焕，由于无法呼吸的症状被送到急诊室。我们检查了她的呼吸器官、心脏等，都没发现有什么问题，好像是心理问题，所以就联系您。”

“精神科方面进行鉴别了吗？”我问。

“因为患者根本没有发烧，也没达到需要拍 CT 的状态。请您先来看看吧。”

我到达一楼急诊室门口时，看见那个女孩捂着脸，扭着头躺在病床上，病床旁边站着一位满脸怒气、看起来像是孩子的母亲的中年妇女。女孩耸着肩膀急促地喘着气，接着突然尖叫起来，随后平静片刻，重复这样的动作。

由于觉得在这种状态下并不适合向女孩提问，于是我观察了她 5 分钟左右。然后，在确定了几个症状和鉴别点之后，我请孩子的母亲暂时离开：“别担心，请您暂时去小超市看看，或者绕着大厅走一圈，15 分钟左右就可以。”

“一定要这样做吗？我会在这里看着的。”孩子的母亲道。

“别担心，去逛逛再回来吧，我会好好看着孩子的。”

母亲走出急诊室后，一如预期，孩子近乎歇斯底里的躁动症状停止了，剧烈的喘息声也逐渐稳定下来。当孩子稍微平静下来时，我引导她做五次深呼吸。孩子还没有做完就开始咳嗽。然后我请她慢慢地再做了五次深呼吸，接着问道：“你正在期末考试期间吗？”穿着校服被送进急诊室的孩子没有回答，而是流下了眼泪。这个孩子目前正上中学，在全班排名第三，在全年级排名第二十五。我跟她说："你功课很好啊！"她听完无力地摇了摇头，因为如果想要考上科学高中，至少也要进入全年级前五名。

"你为什么想念科学高中？"

"因为将来我得念医科大学。"

"你为什么想去念医科大学？"

"因为妈妈要我去念医科大学。"

"你想成为什么样的人？"

"功课很好的人。"

"你现在功课已经很好了。"

"不，我妈说如果考不上 SKY[1] 或者医学院，人生就失败了。"

真是令人心痛啊！现在才上中学的孩子，嘴里说着"人生""失败"这样的话，实在让人感到难过，就像很久以前我背负着母亲的期待，什么都不懂就被强迫去念科学高中和医科大学一样，这个孩子目前的遭遇也令人心疼不已。

孩子说她一想到考试，就会突然觉得喘不过气，内心十分焦虑。而且她说如果考试考砸了，妈妈就不会把自己当成人来看待……如此这般，在聊起自己的内心情感时，孩子突然紧张起来，呼吸变得急促。果不其然，在我俩聊天时，孩子的妈妈不知

---

1 SKY：韩国三所知名大学的缩写，这三所大学分别是首尔大学（Seoul National University）、高丽大学（Korea University）、延世大学（Yonsei University）。

不觉已经走到我们身边。

我请孩子的母亲暂时离开急诊室，然后告诉这位母亲，身为医生的我认为目前孩子在学业和成绩方面似乎承受着很大的压力。孩子的母亲却说：“那些与我的孩子同龄的人不都是如此吗？”

“请问您是第一次来急诊室吗？”我问。

“不是，这是第三次。”

以前在急诊室时，孩子似乎也得到了其他医生同样的诊断，即便诊断对症，孩子的病情依然不见好转，这是因为母亲混淆了孩子的梦想和自己的欲望。

与孩子的母亲谈了一个小时左右之后，我感受到了孩子的紧张情绪。虽然我建议母亲让孩子暂时住院，她却要求让孩子马上出院。她说女儿不是生病了，而是不想考试、不想学习，只是在装病罢了。

那位母亲不顾我的劝阻，给孩子办理了出院手续，于是孩子又开始喘不过气来，耸动着肩膀、揪着胸口，满脸通红。

“够了！已经好几个小时了，你烦不烦啊？！”

急诊室响起了母亲尖锐的吼声。惊魂未定的孩子虽然不再喘不过气来，但是眼神比之前更加阴郁了。最后，当我上前想干涉那对母女时，那位母亲对我说：“医生，您还没结婚吧？因为没有孩子，您不知道做父母的那种心情。我本身也是一位中学的老师。我自己的女儿我最了解。”

果真如此吗？难道因为我还没有当父母就不能理解她的心情

吗？如果我也为人父母的话，真的会了解自己的孩子吗？这不就是傲慢的父母惯常对孩子生出的唐突错觉吗？

父母对孩子扭曲的关爱和保护欲望，会让他们误以为“父母对孩子的执着和控制”就是爱的表现。然而，父母应该给予孩子的不是医生袍和医科大学的学费，而是“不管将来你成为什么样的人，爸爸和妈妈都希望你幸福，我们一直站在你这边”这种无条件支持的态度，凭着这股力量，孩子就可以继续向世界挑战。

父母对孩子的占有欲和执念，不能再被理解为对子女独一无二的爱，孩子并不是满足父母私欲的工具。子女不是满足父母虚荣心的私有物，而是应该受到父母尊重的独立个体。所以，我们不能把父母的贪欲包装成孩子的梦想。想拿第一名，想上名牌大学，想当法官、检察官或者医生，如果这真的是孩子的愿望，那么就算父母不在孩子身旁督促，他们也会努力去实现自己的愿望。

我们暂且闭上眼睛，想象一下自己的孩子迈入中年的样子吧！富人也好，穷人也罢，最重要的是我们的孩子幸福与否，不是吗？我们若想要孩子幸福，就要鼓励他们走出自己的路。

Q&A:
这真的是我的模样吗?

“虽然我已经快50岁了，却不知道该如何生活。这就是妈妈制造出来的家伙！”电视剧中的一名男子大声地喊着。

母亲要他好好念书，他考了全国第一；母亲让他上医科大学，他当了医生；母亲希望他当医院的院长，他拼命努力去实现。

虽然这是电视剧中的情节，但好像并不是别人的故事，让人感到很苦涩。

在我被某人牵着努力向前奔跑的那条路上，这真的是我的模样吗？这是我所期待的人生吗？当这些问题被抛出时，我该怎么办？

金惠男：“这似乎是对‘真我’的疑问。当父母认为孩子是自己的一部分，想通过孩子来进行‘代理满足’时，孩子的自我就会有不能正常‘发育’的危险。父母对孩子过度期望和干涉会让孩子被‘父母所期待的形象’吸引，因此长大成人之后，比起追求自己的真实生活，孩子更执着于向别人展示自己的形象，但是在某个瞬间，就会像电视剧中的主角一样，一边说‘这不是真正的我’，一边让个人生活变得混乱，直到年过五十，也不知道该如何生活。”

朴钟锡：“那真的不是别人的故事。在我的学生时代，大部分人不是自己想念医科大学或法学院，而是因为父母的希望才去的。孩子认为自己的‘真我’就是‘听父母的话的好孩子’，所以在不知不觉中，我们开始认为‘如果书念得不错的话，应该去念医科大学或法学院，只有这样才能得到别人的认可，那样才是好孩子、乖孩子’。但是真正去念医科大学时，我们会发现几乎没有人是自己想成为医生的。现在的父母好像跟我上学那个年代的父母也没有什么太大的差异。我们以‘进入名牌大学，在大企业或国有企业上班’为目标，这并不是自己真正的期望，而是按照别人所说的‘最好’的公式去做，即便如此，我们似乎也没有什么抵触心理。”

编辑：“更大的问题是，这样做真的幸福吗？不管是母亲的引导，还是自己的意愿，只要自己能够感到心满意足且幸福就好。但是事实并非如此，所以人们就会觉得自己活得很虚假，那么真我就会在迟暮之年产生‘人生有何意义’的苦恼。”

金惠男：“没错。我们的医院来了好多医科大学的学生，听他们提及自己的成长经历后，我感觉他们都挺可怜的。他们从幼儿园开始就以为上好大学是人生的目标，因为他们的母亲一直在给他们灌输这个观念，甚至自己的专业也是由母亲来决定的，或者依据成绩来判断。他们甚至没有时间思考自己想要什么，母亲想要的东西就是他们想要的。如此一来，他们像赛马一样只顾着向前冲，然后就进入了大学，现在母亲解开了拴在他们的脖子上的‘缰绳’，说：‘我该做的事都做了。’然后让他们随心所欲地去做自己想做的事情，他们却不知道该怎么做了，所以经常感到生活混乱和内心抑郁。因为直到现在，他们都不是在走自己的路，而是在走别人的路。当真的要走自己的路时，他们也不知道应该走向何处。”

编辑：“这种时候真的会很迷惘吧？因为他们直到现在都不是靠真我而活，而是靠别人的期待或者为了做给别人看而活，是以假我的身份生活着。”

金惠男：“不是这样的。他们想让别人看到自己没有辜负父母的期望，最终这种想法会成为自我的一部分。但如果他们发现父母的期望与自己所期待的不同，就会产生‘这不是我，那么真我在哪里？’的心理混乱情形。我们应该接受自己生命中所有的瞬间，当时所感受到和所追求的东西都是我自己想要的，我们应该把它整合成‘我’，当‘我’对自己不满意、对现实不满意时，就会否定现在的自己。”

朴钟锡：“我的想法和金惠男老师的想法一样。即便我们遵从了母亲或者别人的意愿，配合着去做那些自己不愿意做的事情，也并不意味着完全不是自己了，这也是自己的一部分。但是当我觉得‘这不是我’时，就会在整合成‘我’之前，与‘不是我’之间产生碰撞，心理上可能会产生暂时性的矛盾。我们不能完全否定自己所认为的虚假自我，并且认为自己应该战胜他、抛弃他，因为他也是自我的一部分。我们应该承认并且接受他，使他能够好好地与‘我’相处。例如：A很遵从直升机妈妈[1]的指示和保护，按照她的愿望考上了医科大学，然后A在某一瞬间意识到自己并不太适合念医科大学，总觉得‘我的人生被操纵了，我只是妈妈的玩偶’。A由于一时对母亲生出怨恨、反抗或否定的想法，才会产生这种情绪，但是从长远来看，如果将母亲的愿望和‘我’进行整合，就会自然而然地接受。我认为，感觉到‘假我’并且接受他只是需要时间而已，并不是否定或对抗的问题。”

金惠男：“我认识的人中，有位男生在读医科大学的时候，突然觉得这不是他要走的路，说是要做自己想做的事，然后就直接转入其他学校的哲学系，但是过了几年后又回到了原来的医科大学。在生计与职业发生冲突时，他最终还是选择回到医科大学。他虽然为了寻找真我而彷徨，但是最终向现实妥协，重新回到医科大学，对这样的自己感到很无奈。但是如果我们彻底了解整个过程的话就会发现，那个在彷徨中寻找着什么的本身就是他

1 直升机妈妈：意指过度干涉和保护子女的人生的这类妈妈。

的真我。因为我们活在人生的每个瞬间都是‘我’，就连被风吹得摇摇欲坠的我，也是我。”

编辑：“原来如此。那么除了遵循父母或他人的意愿外，假我还有其他代表性的例子吗？”

朴钟锡：“在社交网站上传多半带点作秀性质、展现出‘我这么幸福，我过得这么好’的照片，这么做的我也可以理解为假我的一部分。在社交网站上曝光的一些我们所熟知的照片中，有些人只有镜头里面的样子非常帅气，镜头以外就完全不是那么回事了。事实上，上传照片的人本身也因为戴着面具的假我和真我不同而感到内心混乱，因此我们可以理解为其上传了告白性的照片。”

编辑：“即使这样，通过表演或作假上传‘我很幸福’的照片，最终不能被理解为想要变幸福的欲望或意志吗？还有，是不是他们自己也想通过这个行为得到安慰呢？”

朴钟锡：“是的。假我并非不是我，装模作样的我也是我的一部分。而且即便是戴着面具或作假，想要变成这样的我，或是带有自卑感的我从未承认的破碎的自我也都是我。总有一天我们会明白这一点，对其加以认可，并将之整合为‘我’。历经这些过程，人也会变得更加成熟。”

金惠男：“我们似乎也应该找到人生的平衡点，不要离现实太远。如果我们过度执着于自己的幸福、成功、帅气的模样，只想持续向别人展现出这一面的话，就会对现实产生疏离感，变得更加不安、孤单和空虚。我认为去认可那个吃力的自己、不太帅的自己，找到平衡点，似乎是更重要的事。”

火病

用身体哭泣的人们

她们把所有的事情都揽在自己身上，
具有包容一切的超人式、
无条件的奉献精神，
这样的人的存在只是个乌托邦，
在现实生活中这样的人内心早已千疮百孔，
甚至“全身都在哭泣”了。

“哎哟，真郁闷！唉，真伤心！”

平日晚上播放的电视剧中，以大家庭为背景的家庭伦理剧居多。因为晚上是全家人围坐在一起吃晚饭或谈笑的时间，所以电视台经常播出以家庭为主题的电视剧。但不知道为什么，大家在看电视剧的时候总是感到怒火中烧，就算有清凉的汽水也无法浇熄这种火气，有种数十块干涩的地瓜堵在心口的感觉。

这些家庭电视剧中都有不可或缺的人物类型登场——那就是“国民媳妇”。国民媳妇主要是指大家族中的长媳，为了维系大家庭的和谐而牺牲自己对她们来说似乎是理所当然的事，她们在剧中是无比善良，甚至有点儿愚蠢的人物。

长媳侍奉公婆、伺候丈夫、生儿育女，甚至对家族中的大小事都一手包办，这种情况只能说是“家庭主妇的宿命”，观众看完也仅是对她们的命运一笑置之；但是在看到连同已婚的小叔、出嫁的小姑等所有家人都住在一起（在这样的家庭伦理剧中，孩子们结婚后全家人仍必须住在一起，这样的家庭才会被认为是幸福的），长媳只能默默地照料他们的生活时，我不禁感到郁闷不已；再看到她们似乎把这种生活视为理所当然，我实在觉得连电视剧都对一个女人如此残忍。

再也没有像家务事一样“怎么也做不完又不起眼”的事了，那是过度劳动。长媳一个人要张罗一家人的家务事也就罢了，好几个家庭一起生活在一个大屋子里，她们没有任何怨言，还必须心甘情愿地劳动，并认为这是件幸福的事情，我真的觉得这样的人是超人。此外，更令人感到惋惜的是，剧中长媳的情绪和人格被彻底忽视了，当她们皱起眉头想发牢骚时，甚至连观众都会谴责她们："连那一点儿事都忍受不了吗？"

她们只能以儿媳妇、妻子、母亲、大嫂的身份存在，不能做自己。也许正因如此，我在观看以国民媳妇的牺牲为主线的家庭电视剧时，就会产生"她们以后应该会生病才对"的想法。她们把所有的事情都揽在自己身上，具有包容一切的超人式、无条件的奉献精神，这样的人的存在只是个乌托邦，在现实生活中这样的人内心早已千疮百孔，甚至"全身都在哭泣"了。

◑ 生活在火团中的女子，顺德

顺德今年 59 岁了。平时很内向又有耐性的她，从几年前开始就经常感到胸闷、心跳加速，不由自主地叹气的次数也越来越多，这种感觉好像心窝上悬挂着一块石头，她有时突然会感觉里面似乎有什么东西凝结成团，像火一样猛地冲上来。此外，她有时还会觉得脸上火辣辣的，坐立不安、睡不着觉的情况时有发生，甚至有消化不良、食欲不佳等症状出现。她去医院做过各种检查，却仍找不出问题所在，只好来敲精神科的大门。

"再这样下去，我觉得自己可能会疯掉，所以来找医生了。我到底为什么会这样？"

过去那段时间，即使心火旺盛也一直忍着的她，在几个月前突然无法再忍耐下去了，开始向丈夫发泄情绪，而且睡着了也会突然爬起来，想狠狠地揍丈夫一顿，甚至萌生离家出走的想法。

顺德以“如果把我以前的生活写成书，可能会多达十二本”，开始诉说她的故事。她出生于一个以保守闻名的书香世家，受过严格的家庭教育，与丈夫是相亲认识的。婚后，婆婆掌控着家里大大小小的事务，拥有绝对的决定权，对分家的儿子与儿媳的生活也一一干涉。

在超过30年的婚姻生活中，顺德未曾碰过丈夫的薪资卡。因为她完全没有经济大权，在家里只负责操持家务，有时甚至觉得“我只是这个家的厨娘”。

身为一家之长且很有权威的丈夫，不曾帮孩子换过一次尿布，也对顺德的情感需求视若无睹，即使是鸡毛蒜皮的小事也会突然大吼大叫，让顺德经常提心吊胆地生活。不只如此，每当他喝完酒回到家，就会鸡蛋里挑骨头，折磨并刁难她，严重时还会殴打她。丈夫与其他女人纠缠，婆婆反而会当面斥责她“女人连这种事都忍不了”“都是因为你这个妻子有问题，男人才会出轨”。

有一次她觉得自己再也不能这样活下去了，就回了自己的娘家，却因父亲和哥哥说“女人嫁出去，死也是夫家的鬼”而不得不转身回到自己的家。从娘家那里得不到半句安慰的话，顺德悲伤得几近崩溃，但是除了再次回到婆家也别无去处。

值得庆幸的是，孩子们很听妈妈的话，成绩也很好，顺德凭着“无论如何都要好好教育孩子、好好栽培他们”“就坚持到孩子结婚为止吧”的想法，一直在这个家中隐忍地待着。

她就那样熬过几十年痛苦的岁月。六年前，婆婆中风倒下了，理所当然地，看护病人成了顺德的责任。在过去的岁月里，百般虐待自己的婆婆虽然很可恨，但顺德还是觉得婆婆可怜，因此竭尽全力地照顾着病中的婆婆。

照顾了三年多的时间，婆婆还是去世了。婆婆去世后，顺德以为日子将会变得轻松愉快，然而情况正好相反，顺德的心情逐渐郁闷起来。她毫无理由地变得不安、欲望减少、胸闷气短，内心似乎有一把怒火在燃烧。而且自几个月前开始，她一反常态，开始顶撞丈夫，甚至产生了想殴打丈夫的念头。

“医生，我这些年过的日子实在太可恨、太空虚了。为什么我到现在都不敢顶撞丈夫，活得像个傻瓜呢？”

在顺德的心里，长久以来被丈夫和家人们压抑的委屈与愤怒情绪，凝聚成了一团火。那团火变成了火球，猛烈地冲撞着她的内心。这股抑郁与愤怒情绪找不到出口，最后还折磨着她的身体。

◑ 郁闷与火气积压成怨恨的“火病”

俗话说：“伤心时不哭，就该换身体哭了。”因为我们的身体与心灵并非各自分离，而是连成一体的。如果我们的心理生了“病”，身体上的症状就会随之而来。如果情绪和欲望被过度压抑，就会从身体上寻找出口，宣告自己的存在。

“我的心口好像被堵住似的，消化不良，胸口也很闷，心脏有时跳得很快，我有时觉得呼吸很困难；我觉得冷，穿上衣服立刻又热了；我连续几天便秘，但突然又会拉肚子。”

实际上，到精神科就诊的人当中，很多人倾诉的不是心灵，而是身体上的疼痛。他们面对自己的身体症状完全找不到头绪，只能长期到各大医院做检查，却无法找到问题的症结所在。然而随着时间的流逝，症状还是没有出现改善的迹象，心情郁闷导致病情更加严重，于是他们只好到精神科寻求治疗。

这种即使进行医学检查也没有发现身体异常，本人却诉说着身体出现各种异常症状的情况，被称为“身心症”。在韩国，身心症多发于中年女性，通过对患者进行心理咨询，我发现这类人的情绪往往受到极大程度的压抑，而且他们对发生在自己身体上的症状很敏感，甚至大多数人出现了“疑病症”。然而通过更深入的心理咨询，我们将会发现他们正通过身体的症状向他人传达自己的内心状态，即无言地呼吁“我病得这么严重，请照顾我一下”。他们也表现出“身体如此虚弱的我，能好好地活在这个世界上吗？”等自信心不足的状态。此外，也有人强烈地想通过自己的身体症状，去回避不喜欢的人或事物，传达着“我身体不舒服，暂时不要跟我说什么”的信号。

因为长久以来他们的情感被压抑，相较于对身体症状的过度敏感，他们对情绪的感受则较为迟钝。他们在悲伤或抑郁时不太能感受到那种压抑的情绪，生气时也无法适当地将这种情绪表达及释放。他们主要是通过身体来传达自己的情绪。

这种身心症多见于语言表达被压抑的文化圈内的人。他们不仅没有学会用语言表达自己的情绪的方法，而且在将压抑情绪的生活视为理所当然的现代社会氛围里，也无法痛快地表达自己的心事。他们反而想通过身体上的疼痛向别人诉说自己的抑郁、不安、愤怒等心境。换句话说，他们因伤心哭不出来时，会用身体代替心灵来哭泣。

韩国的家庭主妇经常患的火病，从广义上讲也可以说是一种身心症。1995 年，美国精神医学学会将火病依韩语发音标记为“whabyung”，并给出火病的定义：“火病是韩国文化症候群之一的‘愤怒症候群’，是因抑制愤怒而产生的疾病。”

我们偶尔会听到周围的人说某人“因火病而死”，究竟火病是什么？为什么火病只存在于韩国且会致人死亡呢？

火病，即郁火病，顾名思义是“郁”和“火”累积于心中所导致的疾病。“火病”这个名词蕴含着韩国人“恨”的情绪。因此，火病可以说是火气与怨气长久累积后蛀蚀我们身心的疾病。火病多发生在中年女性身上，韩国 4% 的人口会患上这种常见疾病。由于裁员和事业失败等因素，这种疾病也常出现在男性身上。火病是由家长权威式的社会性因素以及不擅长处理愤怒的个人性格所致。

◑“请从心中开启一道发泄心火之门”

从顺德的情况来看，火病的原因可以说是一个人一生未解的怨恨。因为人们在事发时无法及时将生气、伤心和抑郁等情绪发泄出来，选择独自忍气吞声，所以愤怒的情绪就会在体内郁结。

可笑的是，这种火病大部分是在艰难的日子过去后才渐渐显露出来。将媳妇使唤得团团转的婆婆过世，酗酒及出轨的丈夫打起精神迷途知返后，当艰难的事情都已经过去，很多女性认为现在好不容易可以松一口气了，感觉可以舒心地过日子的时候，身体才开始变得异常——患上了火病。

这与压抑情绪的消失有关。在过去最艰难的时期，顺德一直压抑自己，忍气吞声地生活至今。因忙于压抑及忍耐生活中的磨难，她没有余力去感受和照顾自己的情绪，但随着压在自己心头的大部分问题得到解决，压抑感逐渐得到缓解，之前积压在心里的抑郁与愤怒情绪便开始叫嚣着“现在我也该喘口气了”。

并非所有像顺德一样承受来自丈夫和婆家的极大压力的中年主妇都会患上火病，即使有人承受着相似强度的压力，只要不在心里堆积抑郁与愤怒的情绪，想方设法地谋求解决之道，就不会患上火病。特别是主妇们，可以试着经常向同龄朋友、邻居阿姨或娘家姐妹说一说自己在婆家所遭受的种种不好的待遇来缓解压力。然而遗憾的是，顺德不愿意让朋友和姐妹知道自己过着这么不幸的生活。她的自尊心阻挡了被称为“唠叨”的良好发泄渠道。

倘若放任火病不管，人很容易因慢性压力而出现身体上或心理上的各种并发症，诸如出现血压升高、心脏血管狭窄、血糖上升等症状。人“死于火病”就是因为这些问题。

火病的治疗要从缓解内心深处的心结、平定及化解情绪开始。此时最重要的是家人的关爱与理解。顺德的丈夫对妻子突如其来的变化感到惊慌失措，刚开始很生气，并且大声叫骂着：“这个女人是不是疯了？”但妻子的症状逐渐恶化。意识到事态严重性的丈夫和顺德一起来到了医院。

“奇怪，韩国主妇们哪个不是过着这样的生活？孝敬公婆、照顾丈夫和子女甚至婆家的一家人，有那么难吗？”

不出所料，顺德的丈夫的思想非常顽固。在第一次心理咨询时，他说，妻子放着家庭主妇都会做的事情不做，特别爱作怪。但随着咨询的持续进行，他开始承认妻子过去那段时间确实很辛苦，也领悟到妻子跟自己一样是个有情绪的人，是个希望能被丈夫疼爱并得到尊重的女人。幸好顺德的丈夫在妻子突然骂了自己一顿并发火后，还能听进别人的话。

“丈夫还是跟以前一样，一个人的性格能变到哪里去？不过即便如此，他还是表现出了小心翼翼的样子，昨天还生平头一次洗了衣服呢！看到他这副样子，我心里也很不是滋味。看着丈夫那种无精打采，仿佛缺了牙齿的老虎般的模样，我也不再像以前那么生气了。”

过了好一阵子，我再见到顺德时，她整个人显得轻松了许多。她说她生气的频率在逐渐减少，扑通乱跳的心似乎也镇定不少。更重要的是，她开始承认自己也有问题。顺德一一说出过去一切都依赖丈夫、自己被传统女性形象束缚、因为不值得一提的自尊心而与朋友断绝关系等悔恨及遗憾的心情。她还说，自己也逐渐走出封闭的世界，与朋友见面，参加自己感兴趣的活动，寻找自己的生活。她开心地笑着说："我正规划着等温暖的春天来临时和丈夫一起去旅行。"

◑ 适当地表达及忍耐，照顾你自己的情绪

火病的治疗固然重要，但预防更为重要，我们必须实时化解情绪，心里不要积压怨气。当然，这并不是让我们随时发脾气。直接将怒火发泄出来反而会伤害自己和身边的人。因此，我们要学会"适当表达"，培养懂得适度忍耐的能力，要懂得照顾及爱护自己的情绪。

火病多发生在家庭结构内，因此家人之间经常对话、分享彼此的情感或心情也非常重要。若家人之间能共同分担辛苦的家务、尊重并认可彼此的工作，即使生活上有摩擦也很容易解决。此外，在孩子出生后，大多数妈妈在生活上都会以孩子为中心，在孩子身上倾注一切心力。换句话说，就是她们在内心把子女放在最重要的位置，等到子女长大，独立生活之后，自己身边的配偶的存在感就会变强，但最后还是会只剩下自己。也就是说，我们必须重新体会，自己才是自己人生最重要的存在。

人唯有在自己平安的状态下，才能充分地将自己的爱与平安分享给家人。因此，我们必须倾注心力培养自己的兴趣、爱好或特长等，进行自我能力的开发。哪怕留给自己的时间很短暂，我们也必须拥有"对自己的生活进行冷静回顾"的思考时间。此

外，通过做志愿者或参加一些社交活动，关心并参与除了自己家人以外的世界也会对我们自身的提升有帮助。通过各种各样的社交活动，我们能够感觉到自己真实地活着，感受到生活的真正意义所在。

饮食障碍

给无法随心所欲
吃东西的你

与厌食症患者

表现出的完美主义

或强迫症倾向正好相反，

暴食症患者

容易呈现出情绪冲动或不稳定的倾向。

我虽然对体重和身材的变化不太敏感，但当体重增加到令人瞠目结舌的程度时，就会集中进行体重管理。虽然我只限制自己少吃平时爱吃的比萨和炸鸡，但是效果还相当不错。

因为我几乎不喝酒，所以经常用比萨或炸鸡等食物来疏解压力。虽然炸鸡之类的食物中并不富含血清素，但是当我们回想起品尝自己喜欢的食物的快感，以及吃这些食物心情变好的记忆时，大脑会分泌血清素。

在限制吃炸鸡和比萨期间，我每天都要跳绳一千下，这个过程其实非常痛苦。不能吃自己喜欢的食物还必须进行辛苦的运动，这让我整天都处于烦躁和敏感的紧张状态。有时和患者进行面对面咨询时，我也会感觉到自己对待患者的态度变得特别敏感和尖锐；有时在做运动时，脑海中充满了必须尽快恢复原来的标准体重，才能吃比萨和炸鸡的想法。

如果身为男人的我都会如此，那么对外貌更在意的年轻女性会更在乎自己的体重吧？尽管美味的食物能带给人味觉、嗅觉、视觉，乃至精神上的满足感，但是在现实生活中，我们也不能因为想吃就尽情地吃。我近来也在比萨、炸鸡、炒年糕和米肠等美食摆在面前时，因为对体重增加的负面效果产生恐惧感，而陷入吃或者不吃的深深的苦恼中。

◑ 吃的喜悦与四十四英寸[1]，不能放弃任何东西的智秀

被自己心目中理想的大学录取的智秀表示，大学生活与梦想中的样子略有不同，让自己感觉有点儿陌生。对在乡下就读女子高中的智秀而言，首尔的女性看起来都行事干练、穿着有品位，而让人惊讶的是她们都非常苗条，显得弱不禁风。

虽然因为忙于大学入学考试而无暇顾及外表，但是智秀心想如今不应再落于人后，因此到处探索购物商场，在化妆、穿着打扮等方面费尽心思。智秀跟同系同学交谈后才知道，她们于寒假期间已经在脸上做过简单的手术，现在正为了穿着清凉的夏季做准备，通过普拉提、瑜伽等瘦身方式集中管理身材。

智秀受到同学们的“启发”，急急忙忙地注册了健身房的私人教练课程，也开始出入美容院的皮肤科。她在身材管理上花了很多钱，因此对变美的期望也非常大，然而经过两个星期的努力，外貌没有太大的变化，内心对这种事情便开始产生怀疑。此外，对喜爱韩食、中餐、日式料理、西餐等世界上各种饮食的智秀来说，遵照教练制定的低盐饮食减肥食谱进餐宛如被拷问般痛苦。

“做运动简直比读书更难、更辛苦啊！”

随着烦躁的情绪逐渐增强，内心也变得敏感，于是到了晚上智秀就暴吃炒年糕、米肠、拉面等食物，这种不良行为模式反复

1　1英寸=2.54厘米。

出现。白天她拼命控制食欲，可到了晚上就像水坝溃堤般吃个不停，结果体重反而直线上升。对陷入“想要四十四英寸的胸围，但也想吃拉面”这种进退两难的境地的智秀，同学说出了让她感兴趣的方法。

“吃了马上去催吐，就不会胖了。”

居然有吃再多想吃的东西也不会发胖这种事？！为什么自己没早点儿知道这个诀窍呢？从那天起，智秀就尽情地吃蛋糕、冰激凌、炸鸡等食物，吃完后立刻去厕所催吐……如此下来，在近两年的时间里，智秀的体重减轻了十多公斤。虽然她皮肤严重受损、肠胃灼痛、生理痛也变得严重，但是与摆脱了尺寸的压力、可以选择漂亮的衣服穿，还能尽情享用自己爱吃的美食所带来的喜悦与快感相比，这些根本不算什么。

26 岁时智秀发觉身体出现了明显的变化：失眠越来越严重，头发也明显脱落了许多。而且最严重的是，她对一些小事变得很敏感，也很容易烦躁，别人稍微对她说一些她不喜欢听的话，就会立刻大发雷霆，就算对男朋友也一样。于是她越来越难以谈长久的恋爱，虽然很容易交到男朋友，但很快就会分手。

智秀在学校和职场中的生活也非常不顺利，忍耐力和注意力明显下降，她在上台做报告或分组协作时也感到身体难以长久坚持。她常觉得内心很空虚，对自己瘦削的身体不再感到骄傲。因为她在镜子里看到的不是曾经充满活力又有激情的自己，而是浮肿的脸颊与凹陷无神的眼睛，以及再怎么化妆也无法遮掩的黑眼圈……

虽然有种犯了大错的感觉，莫名的罪恶感也涌上心头，但是智秀依然像六年前一样，深陷身材与美味食物无法选择的两难境地。

◑ 绝对拒绝饮食或绝对贪吃的饮食障碍

饮食障碍是指个体呈现出不良的饮食习惯、过度执着于体重与体形的症状，通常也包括被认为是厌食症的“神经性食欲不振症”，或被称为暴食症的“神经性暴食症”等。这些症状很多是从我们开始注重外貌的初中、高中时期开始的，年龄在 20 岁出头时表现得更加明显。以我实际观察到的状况来看，患饮食障碍的人中，女性比男性的数量多二十倍以上。模特儿、芭蕾舞者、艺术工作者等需要注意身材的人士比较容易患上饮食障碍。

食欲是人类最基本且最原始的欲望之一，是由我们大脑的下视丘部位进行调节的。我们的饮食中枢神经如果受到刺激，会发出“感到肚子饿，需要进食”的信号；若饱食中枢神经受到刺激，就会发出“现在肚子饱了”的信号，进而促使人停止进食。这里应用到多巴胺与去甲肾上腺素这类神经传达物质来调节我们的食欲，饮食障碍正是由于该系统出现问题而产生的。

厌食症是以患者长期拒绝进食为主要特征的一种进食障碍。长期拒绝进食会导致患者的健康出现异常。拒绝饮食的行为是一种“我要控制我的身体”“我要严格遵守自己的原则”的强迫症状，智秀就是患了“我要苗条美丽的身材，我必须像同学一样瘦”的强迫症。

一如上述，智秀由于与他人比较而在观念上受到影响，认为自己必须与他人的价值观保持一致。这种观念导致她的自尊心变弱且缺乏自律性，于是让她强迫性地执着于进行调整饮食、降低体重的任务。世界上能让人随心所欲地去做的事并不多，体重这件事是自己可以随心所欲地去调节的，其成果也可以通过数据来确认，在自我控制力与心理调节方面将会给人相当大的满足感。因为这一点，许多害怕发胖、厌恶肥胖身材的人才会减肥成瘾。

我们从精神分析的角度来探究厌食症的成因时，有时会把它解释为与父母之间感情的缺乏、对母亲的排斥感等，即患者通过主动放弃用嘴巴来接收某种东西的行为及口腔期的需求，向家人表达自己的愤怒或对疼爱和关心的需求。在大多数情况下，与其说患者与家人的关系不好，不如说患者与家人有分歧但患者又期望得到家人的关爱。患者处于这样一种矛盾的情绪中。

这种矛盾情绪，首先是通过吃完食物又吐出来的双重行为来表现——我们吃完食物后怕发胖，然后进行强制催吐或吃泻药强制排泄等行为。在这种情况下，胃酸的逆流会导致我们的口腔、食道或胃部受伤，此外肚子会经常疼痛，内心也变得敏感、躁动，长期营养不良也会导致我们出现脱发现象，还可能导致荷尔蒙异常从而引发月经失调的状况，甲状腺功能也可能出现问题。

在食物被消化之前立即去呕吐的行为，会导致我们的消化系统紊乱。我们吃了东西后，身体会产生可消化食物、刺激饱腹感的激素，然而食物突然全部外流了，身体里没有可消化的东西，只有消化液被分泌出来的不平衡状态就会发生。

此时多巴胺的平衡就会被打破。这种状况若反复出现，我们就会变得冲动、敏感，经常发脾气。即便如此，患者还是会反复做出这些举动的原因在于，呕吐过后身体会分泌出少量脑内啡。脑内啡会给我们带来小小的快感，以及“啊，现在不会胖了”的安心感。

暴食症比厌食症更常见，二十多岁的女性中约有 4% 的人有过这种经历，暴食症可视为与厌食症有关联性的姐妹疾病。与厌食症患者表现出的完美主义或强迫症倾向正好相反，暴食症患者容易呈现出情绪冲动或不稳定的倾向。这类患者具有渴求爱情或希望被关心的特征，对别人的目光或评价非常敏感，但缺少对他人的信赖感。

有些人认为，与厌食症患者相比，暴食症患者的体重变化并不大，内科方面的问题相对较少，治愈的概率很大。然而，他们因出现情绪冲动和行为过激等倾向，在人际关系或社会活动中有很大困扰。

暴食症患者食用的食物种类虽然多样化，但他们主要喜欢面包、面条、快餐或居家食物等这类方便快速食用的食物。对他们来说，暴食与其说是摄取食物的行为，不如说是快速发泄出积压在内心的愤怒的一种手段。

◑“心灵的饥饿绝对无法用食物来填饱”

在社交平台上注册的苗条又漂亮的人比比皆是。事实上，苗条的人将照片处理后再上传，这样产生的视觉刺激会让我们的内心变得更敏感、行为更具强迫性。我们拿镜子里的自己和他们做比较，这种做法莫名地贬低了自己的自尊心。

原本让智秀感到快乐的食物变成了负面的东西，成为无论如何都必须回避的对象，这导致她的烦恼已经超越了单纯的减肥压力，这种烦恼进而发展成抑郁症或恐慌症的风险也很大。她不喜欢自己的外貌和身材，认为这些会给自己的人际关系或自我形象带来负面影响，甚至会左右自己进入社会的态度。

吃美食是人类最自然的需求，也是生活中最令人快乐的行为之一。但是智秀压抑这种快乐的心情，厌恶自己不苗条的身材，她的这种态度最终会演变成否定自己的身体与生活，甚至否定自我的行为。

治疗饮食障碍最需要的就是知道并承认自己有心理问题。与其他诸多心理问题相比，饮食障碍更特别一些的原因在于，长期控制自己身体的当事人是自己；而与抑郁症或恐慌症等其他心理问题不同的是，因为有减肥这种明确的目标，患者并没有视它为疾病的想法。换句话说，患有饮食障碍的人，不知道为什么必须改变现状。

另外，若治疗饮食障碍，患者可能会产生再次变胖的恐惧感，这也是阻碍患者摆脱这种状态的因素。智秀刚开始到精神科进行咨询时，也表现出拒绝及不合作的反应：“我的身体自己最清楚。没错，我当然知道过度减肥不好，您说的都是陈词滥调。”

为了让智秀这种饮食障碍患者认识到自己的问题，最实用的办法就是让她写饮食日记——在饮食日记里记录几点吃了什么食物，有没有呕吐，等等。记录下和谁一起吃固然重要，若患者能写出场所，这样更好，而且最重要的是尽可能详细地写出自己在吃之前和吃之后的情绪变化。写日记的本意并非要展示给谁看，这个饮食日记的意义在于“自己能领悟且客观地看待自己的身体，以及自己的心理状态”。

另外，这个饮食日记要给自己所珍惜的家人及值得自己信任的心理咨询师看，并使他们产生共鸣。智秀在为了拥有苗条身材而进行强制性呕吐的背后，分明有种“食物从我的身体中流失”一样的空虚感，这种空虚感跟失去某种东西的感觉类似，而抑郁与恐惧感正占据着那个空虚的位置。我们应该向值得信赖的人倾诉这种抑郁和不安，并取得其理解，才能从四十四英寸胸围的沼泽里“逃脱”。

我请智秀以“希望能找到最适合自己的体形与体重”这句话，来取代“寻找内在美”之类的陈词滥调。当你拥有适合自己的生活习惯、个人风格、健康体形，以及无比热爱自我的自信心时，才是真正的美丽。

成功后抑郁症

害怕
成功的人

成功会引起别人的嫉妒，

我们暴露在他人的视线前，

有可能成为他人竞争和攻击的对象，

再加上如果潜意识里蕴含着自己

没有资格享受成功喜悦的想法，

最终自己会跌倒在成功的门槛上。

成功是可怕的灾难
比房子燃烧更可怕的，是毁灭的声音
屋顶瞬间坍塌
只能无力地看着你毁灭
酒鬼般的名声会烧光灵魂的家
如果知道你只是为了这个而工作的话
哦，这背叛之吻是令人无法忍受的
而你倒在黑暗中，成为失败者

——麦尔坎·劳瑞

尽管人们常说“每个人都梦想着成功”，但那并非事实。英国作家麦尔坎·劳瑞在他最著名的小说作品《在火山下》出版后，用上面的诗句表达了他对成功的恐惧。从他的诗句中我们也可以看出，成功并不会为所有人带来快乐和喜悦，有些人也会害怕或忌讳成功。

成功之后，我们会感受到成就感、满足感和自豪感等，会对别人给予的肯定与称赞感到得意扬扬。这种心理补偿其实比成功所赋予的经济补偿或权力、声誉等其他补偿更大且更重要。但是有些人害怕成功，成功后反而变得郁闷，这是由于他们无法承受成功所带来的心理变化。

成功也包含独立。这意味着我们过去一直依赖他人，现在成功了就无法再获得他人的帮助，必须自己站稳脚跟才行。成功前社会允许我们犯一些错误，但成功后就不允许我们再有失误。此外成功会引起别人的嫉妒，我们暴露在他人的视线前，有可能成为他人竞争和攻击的对象，再加上如果潜意识里蕴含着自己没有资格享受成功喜悦的想法，最终自己会跌倒在成功的门槛上。

◑ 总是感到抱歉，无条件说对不起的永哲

“我以为当上组长会非常开心，心情也会很好，但是当了组长之后，这个位置让我倍感压力，我做起来很吃力。”

永哲是一名 34 岁的公司职员。平时以踏实、善良著称的他，在不久前晋升为组长后突然失去了干劲，一见到人内心就变得很不安，而且对公司的事情感到害怕，甚至怕到不敢去上班，最终进了医院。

似乎他只要稍微犯一点儿错误，就会被部属们嘲笑：“你就那么点儿能耐而已？”而且部属们还无视他的存在，后来他什么决定都做不了。永哲在担任职员期间，无条件遵照上级指示努力工作，也享受到了工作的成就感。然而当他真的坐上组长的位置时，仿佛穿了别人的衣服，感到别扭且心生负担。他的部属中有经常迟到又爱偷懒的人，他在对他们进行训斥时却总是小心翼翼的。因为作为同事与成为上司的威严感不同，他总是感到左右为难。这样的自己似乎很无能，他甚至产生了干脆做回职员的想法。

“自从当上组长后，我越来越无精打采，也越来越郁闷。早上起床时，我甚至连睁开眼睛都感到害怕。我该怎么办？”

永哲是个诚实又有能力的人。他做事踏实，即使是安排给他的粗活，也会毫无怨言地做好，所以在公司的名声也非常好。他对长辈很有礼貌，对同事或后辈也一视同仁。当然，这样的永哲也有缺点。因为他总是想太多，办事又优柔寡断，所以很难一个人做出决定。

农村出身的永哲是家里孩子三男一女当中的老幺。父亲务农，个性严谨且脾气火暴，稍有不顺心的事就会狠狠地打骂儿女。母亲性格温顺随和又行事谨慎，在家里没有能力保护子女免受丈夫的暴力伤害。

父亲让儿女们从小就去地里帮忙做农活，如果犯错或不认真做就会对他们破口大骂并加以处罚。永哲从小学习成绩就很好，在哥哥们被父亲强制要求去做农活时，可以独自享受非比寻常的待遇（不用下地干活），而且托身为老幺之福，他也备受父母宠爱。但是农忙时节偶尔他也要帮忙做农活，当他没做好时依然会被父亲责骂。

“哥哥们干活非常辛苦，只有我可以舒服地去念书，我总是为此感到很抱歉。因此从小我只要考试得了一百分就会觉得对不起哥哥们，常常把考卷藏起来。”

尽管哥哥们为永哲的优秀成绩感到骄傲，日常生活中也很疼爱他，但永哲从小就认为哥哥们是因为自己才会被骂得那样惨，经常被罪恶感折磨。

两个哥哥因为学习成绩不好，自高中毕业后就开始务农；永哲因为成绩好，在首尔的大学读书。因为家中几个孩子只有自己读了大学，永哲的内心对两个哥哥感到更加愧疚，他为了不成为哥哥们的负担而努力学习，一边拿奖学金，一边读大学。

永哲毕业于别人十分羡慕的顶尖大学，即使已经参加工作，依旧觉得自己不够自信又没有出息。他觉得自己或许比较会念书，但是其他事情一点儿都不会做，内心经常有种不被别人喜欢的不安感。

◑ 将世界上所有不幸都揽在身上的“成功后抑郁症”

永哲可以说是典型的“成功后抑郁症”患者。成功后抑郁症是指个体没有因成功而感到快乐和幸福，反而内心感到不安、抑郁以及罪恶。这种患者认为自己没有资格享受成功，是被慢性内疚感折磨的人。因为总是有自己犯了什么罪的想法，为了赎罪，他们不会拒绝辛苦的工作，甚至会主动将其包揽下来。

他们常呈现出“道德受虐狂”的倾向。所谓道德受虐狂，是指个体因潜意识里的罪恶感而主动承担辛苦的工作，无法让自己放松下来的情况。他们无法忍受自己肆意享受快乐和喜悦，反而把自己的不幸理想化，恨不得独自背负世界上所有艰辛的工作才会感到满足。正因如此，很多人在成功的门槛上倒下了，并一再地失败。

弗洛伊德在对“被成功摧毁”的患者的分析中指出，他们具有潜意识的罪恶感和想要受到惩罚的欲望。对他们而言，成功的意义不能凌驾于父亲之上，因为如此成功有可能被父亲处罚并失势，此外成功也意味着要脱离依赖父母的状态，必须长大成人并独立。换句话说，如果某人年幼时在与父母的分离过程中出现问题，无法从父母那里获得心理上的独立，会在日后害怕进入负责任的成人状态。在父母的保护伞下可以躲避风霜雪雨，一旦没有了那把伞就意味着必须一个人面对困境，他们因此会感到对未来无所适从。

对永哲来说，面对着严厉可怕的父亲，他是在畏缩怯懦的状态下长大成人的。他说自己不曾被父亲称赞过，只会听到“不够好”的声音。因为永哲不知道父亲何时会爆发怒火，所以一直小心翼翼地生活着。为了满足父亲，无论如何他都必须成为模范生。

在永哲的潜意识里，虽然对暴君般的父亲非常愤怒，但是他无法学到处理这种愤怒情绪的方法，反而非常害怕一旦跟父亲顶嘴，会受到对方无比可怕的处罚，因此只是一味地压抑内心真实的想法。此外，对为子女辛苦一辈子的父亲发火这件事本身也会让他深感内疚，同时他对“自己的表现胜过哥哥们”这件事有很深的罪恶感。

永哲认为自己是不能享受舒适和快乐的，成功也是一件可怕的事。因为凌驾于父亲之上时，他激怒父亲的危险性很大，也可能会让哥哥们产生嫉妒心理，从而有遭受报复的风险。

◑“请先与严格的超我和解”

现今社会中有不少人患有无法对自己的成功感到开心，反而觉得害怕的“成功精神官能症”，其中一些人还出现了“自我挫败型人格障碍”的现象。所谓自我挫败行为，是指个体在学业或其他方面重复失败的行为。举例来说，功课好的人，每逢重要考试就发挥失常，或平时解题很顺畅，但考试时总是重复着忘记解最后一页题目等行为。有些患者在认真完成报告或作业后，会在封面上贴上其他的标签，以期获得不及格的分数，有时甚至会故意把事情搞砸。

这些患者的行为背后有着妨碍成功、自我惩罚之意，但更重要的是在这种行为背后的自恋性格特征与恋母情结的矛盾。此时，成功意味着独立，代表具有这种性格特征的人必须从母亲那里把自己分离出来，加上这是母亲一直以来盼望的成功，最后他还是必须屈服于母亲，因此想通过失败来赢得与母亲之间的抗争。

或许很多人不太能理解，其实我们的内心就是如此复杂，甚至复杂到了让人啼笑皆非的程度。我们以为成功能让任何一个人感到高兴和自豪，某个个体却因为罪恶感而对其感到恐惧和不安，该个体也可能因为潜意识里对成功有了芥蒂而产生自我束缚。

若欲克服成功后抑郁症，我们首先应与自己过于严格、不允许快乐的超我和解。对永哲来说，严厉又可怕的父亲的形象在他的超我中占有一席之地时，他就只会活在自己被监视及批评的恐惧中。他不是以自己的视角，而是以父亲的视角在看待自己并进行自我批判。事实上，所谓精神分析，也可以说是一个将过于强大且没有弹性、具有虐待性的超我，转换成具有容纳性及现实性的超我的过程。

超我若过度强大，我们就会变得闷闷不乐，因为在这个世界上没有一个人能满足这个强大超我的理想。那样的超我会引发不必要的罪恶感，以及对处罚的恐惧，甚至诱发人想受到处罚的欲望。此外，被这种负担压抑的人必然会变得精神抑郁。

我们需要有颗宽容的心，能够对一般的失误“睁一只眼闭一只眼”，进而激励自己下次做得更好，而且必须接受自己拥有享受幸福的权利与资格。

孤独

独自用餐的抑郁

如果你感觉需要一个人的陪伴，
就可以说“我现在觉得很累”，
然后依靠着那个人。
虽然不是从黑发变成白发为止都要
紧握着对方的手走过人生的下半程，
但是只要能够暂时靠在某人的肩膀上，
你就完全可以从抑郁的谷底重新爬起来。

这个时代单身已成趋势，独自吃饭、单身经济，甚至连单人五花肉专享餐厅都出现了，时代真的变了。一个人完全可以享受生活，即使不和家人一起生活，也不会感到不便。不，或许因为是单身，我们更不用费心去应付别人，觉得心里更舒坦。在婚姻、家庭、育儿、家务、家族中，也不需浪费精力和时间的单身族生活，在出生率下降、离婚率急剧上升的今天，怎么看都像是人生的正确解答。

“吃晚餐的时候，要是能看着真人的脸，而不是智能手机的画面就好了，真的很久没有和家人或朋友一起吃晚餐了。”

“前几天朋友到家里来，说收到了父母送来的年糕汤，所以把它装在保温盒里分给我，我听了突然就掉下眼泪：一碗年糕汤根本无法叫外卖，在外面买着吃也很尴尬，也不是记忆中的那个味道。但是一个人做来吃，感觉也很凄凉……我很感谢朋友的心意，一个人实在太难过了，所以流下了眼泪。”

原本这个人觉得一个人也无妨，但是一碗年糕汤突然让人感到“一个人的不便与孤单”，这个人瞬间与孤独正面相对。目前为止一直回避的孤独、寂寞和抑郁，一下子全部浮现在眼前，心痛了许久。

◑ 渴望有伴的 38 岁单身汉的告白

“一个人也没关系，一个人也足以幸福”这样的话支撑着这些人。我同意“喜欢享受一个人的时光，能够充分品味幸福，才是真正幸福的人”这样的说法，但“反正人生终究都会是一个人，即使独自一人也要坚强地挺住”这句话是否又有些勉强呢？即便感到寂寞也不能依靠某个人，这种强迫感可能会让孤独的时间更长，也会让人感到更痛苦。

身为38岁的单身汉，我从去年开始经常被患者问起：“为什么还没有结婚？”有趣的是，周围的熟人对这个话题反而不忍心提起，而患者会突然相当直率地提问。

甚至有人会问：“该不会是你眼光太高，讲求门当户对吧？”“你只喜欢游戏人间吗？”“难道你喜欢男人吗？”然而，事实并非上述这三种情况，为什么至今未婚，我自己也不清楚。32岁之前，我一直盼望能与初恋重逢，但是当我知道对方结婚后就此断念。因为错过了这段姻缘，自己彷徨了3年左右，并且认真地考虑过就此独自终老一生。36岁以后，我突然觉得很孤独，也希望能有个人和自己一起生活，所以冷静地进行自我评估。

我问自己：“我是否已经成熟到可以承担起一个家庭的责任？我是一个善良的人吗？”然后，面对着自己长期压抑的自卑感，诸多的自责和后悔情绪随之而来。

“我为什么错过了那个人？”

“我为什么不鼓起更多的勇气？”

“对已经逝去的爱情，我为什么要恋恋不舍又频频回顾？”

“为什么我的人生不能更发光发热，不能更懂得盘算呢？”

我甚至对自己的整个人生产生动摇。此外，我还卑鄙地替自己辩解，单身的原因在于之前接触到很多离婚患者的痛苦、伤心、郁闷的事情。这些事情让我无意间对婚姻产生了恐惧和消极的态度。然而，虽然我口中说着喜欢一个人过，但其实不喜欢一个人待着，真的非常讨厌一个人生活。那种生活让我感到如此孤独和害怕。

为什么我是孤家寡人呢？我是因为欠缺了什么才单身至今吗？我在下班途中，看着朋友们在社交网站上传的跟老婆、孩子一起旅行的照片，独自走回家时内心就会不自觉地感到抑郁。身为精神科医生，平常我都在安慰别人、治疗他人的“心”，却无法填满自己内心的空虚，担心自己是否会孤独终老，甚至产生了恐惧感。

“强化自尊心，爱你自己。”

“你不是没办法结婚，只是还没有遇到一个值得你全心全意去爱的人。”

就像给患者的建议那样，我也给自己打气，但是这并没有给自己带来多少安慰感。我并非期待遇到一个多么完美的对象，也不是想要一份地老天荒的爱情，为什么遇到一个可以做伴的人竟这么难？我加入了一些同好会（类似志趣相投的群）后，在社交网站上添加了数百个朋友，然而即使比现在赚更多的钱、更出名，有什么可以代替有人做伴的充实感呢？

结了婚、有了孩子的朋友们反而告诉我：“真羡慕你一个人！假设你一下子结了婚、生了孩子，变成三口之家看看！不到一个月，你可能就会想要恢复单身了。”他们净是说些我身在福中不知福的话。我不知道他们这么说究竟是出自真心，还是只是为了安慰我。曾经深刻地体验过独处的时光所带来的孤独和寂寞的人，肯定能够了解我的这种感受。

那些嚷嚷着“我一个人也很好，不，我一个人更好”的人，应该试着认真地反问自己看看。

“我不寂寞吗？真的一个人也可以吗？”

如果你感觉需要一个人的陪伴，就可以说“我现在觉得很累”，然后依靠着那个人。虽然不是从黑发变成白发为止都要紧握着对方的手走过人生的下半程，但是只要能够暂时靠在某人的肩膀上，你就完全可以从抑郁的谷底重新爬起来。

你可以试着去联系一下初中、高中的同学，甚至那些曾经和你共享人生某个瞬间的朋友。如果你能够找到让他看到你的缺点和眼泪都无所谓的人，即便将“你的一切”对他暴露无遗，他也不进行评价或批判，而是在你身边默默地倾听你的故事，那就向他伸出手，然后紧紧地握住他的手吧！然后你们慢慢地拓展一起做伴的道路，并且一起走入这个大千世界，说不定有一天你就会遇到盼望已久的另一半，让他成为你的人生伴侣呢？世界上所有的单身人士，加油吧！我不是以医生的角度，而是以盟友的身份，奋力为我们呐喊着加油。

Q&A:
一个人可以不感到孤独吗?

若是开心时可以和别人分享快乐，悲伤时能得到别人温暖的安慰，那么我认为快乐就会加倍，悲伤也会明显减少。

如果我们太长时间缺乏这种可以分享心情的对象，似乎会因为单身而变得更加抑郁。

人类可以一个人而不感到孤独吗?

朴钟锡:“我因为单身而感到很孤独，希望能够赶紧找到一辈子的伴侣，然后一起生个漂亮的孩子，过着五彩缤纷的人生。而这件事不能如愿，我总觉得有点儿焦躁，甚至有些抑郁，好像有什么东西停留在未完成、不完整的状态。”

编辑:“人如果单身的话，就是不完整的存在吗? 从精神层面来看，一个人不可能是完整的存在吗? ”

金惠男:“两个人也不完整啊! 即便两个人也不可能完整，而且有些人认为就算有伴也跟一个人生活一样缺乏情感交流。”

编辑:“如果两个人也可能感到孤独的话，为什么人类会想要选择与某个人建立关系来一起生活呢?我周围有很多黄金单身贵族,虽然他们把结婚当成一生必须完成的任务,但是都不能如愿以偿,所以都感到很抑郁。即使有人劝告他们'有伴时的孤独感,比独自一人时的孤独感更令人难受',他们也会说:'即使如此,我也想结婚。'人类真的没有爱就活不下去吗?"

金惠男:"人类在所有哺乳类动物中,是出生时发育最不成熟的物种。直到3岁为止,孩子都必须由父母来抚育。无论是为了生存,还是为了思维的成长,人类绝对需要与他人维持关系,是一种天生的关系导向型动物。"

编辑:"人类不能独自变得完整吗?"

朴钟锡:"人本来就不可能完整。一个人也好,两个人也罢,结婚也好,不结婚也罢,人都难免会感到孤独和情感匮乏。即便如此,对于相爱的两个人,这种感觉是不是会减少许多呢?"

金惠男:"哪有什么动物像人类一样矛盾呢?人的思想和情感是各行其是的,情感和行动也是背道而驰的,而且想法中也有复杂的分支。将这些综合起来,形成自己的认同感,似乎就是人类发展的过程和使命,但是直到死亡为止,它都无法实现。我们会一直致力于此,至死方休,然后在临终的那一瞬间,才领悟到:'啊!原来我是个不完整的人呢!'"

编辑：“没有恋人或配偶，或者没有共同生活的家人，独居的人感到抑郁的时候若想要克服这种情绪，应该怎么做呢？在孤独或悲伤的时候，我会持续听一些悲伤的音乐，一边听着悲伤的音乐，一边尽情地哭泣，发泄完这种情绪后内心就会觉得舒服一些。”

金惠男：“如果您一直听着悲伤的音乐，就会更加伤心。从音乐治疗的观点来看，从听悲伤的音乐逐渐转换成听明快的音乐能有效地缓解悲伤情绪。若要运用音乐进行心理疗愈，选曲时我们必须相当重视整首歌的节奏，假使随机安排的话，将无法达到期待的治疗效果，唯有从悲伤的音乐转换到稍微明快等高低起伏的音乐才能调整好我们的情绪。”

编辑：“为了缓解抑郁情绪，朴钟锡老师推荐采用什么方法呢？”

朴钟锡：“通过身体活动来解决心理问题是我经常推荐患者采用的方法。运动，特别是和别人一起运动，对缓解抑郁情绪会有很大的帮助。生活中我感到抑郁的时候也会采用这个方法。我曾经因为太痛苦，两天一夜都没吃饭，听着悲伤的音乐在床上不停地哭泣。但是在某个瞬间，我觉得自己无论如何都不应该再这样下去，所以决定出去踢足球，就这样勉强自己踢完一场足球后，心情变得开朗起来了。”

金惠男:“即使我们勉强在笑，大脑也会被‘骗’过去。大脑会感觉到‘啊！心情真好呢！’，心情也会因此好转。”

朴钟锡:“我从小就很喜欢花，当然现在也爱花。特别是当我郁闷又难过的时候，如果送花给别人或收到别人送的花，心情真的会好起来。当我的情绪变得‘剑拔弩张，一触即发’的时候，如果有人送花给我，我就会暂时平静下来，并且为此感到幸福。哪怕花只是稍微让我们的内心平静一点，我们也要试着别让抑郁的情绪加剧；哪怕只是暂时的，只要我们在花上注入正面的情感，郁闷的情绪肯定会得到有效的排解。若是做些无关紧要的琐事，就可以逐渐减轻抑郁感，并使我们重新感受到快乐和幸福，我们也要试着去做，可能在某个瞬间就会明显地感觉到：‘啊！我正在好转呢！’”

编辑:“虽然一个人可能存在天生的孤独感，但是根据个人的情况或处境不同，孤独的程度会不会有所不同呢？即使是单身，也不是所有单身人士的感觉都一样吧？”

金惠男:“是的。虽然有些单身贵族拥有稳定的工作和出众的外貌，在经济上也很宽裕，但也有单身人士全然不是这样。后者往往在年纪渐长之后，还是没有找到一份像样的工作，而且整个人生处于‘不断地找工作，然而总是不如意，也没有足够的积蓄’的恶性循环状态。”

编辑：“没错。像这类人，当他们被困在自己的空间里时，该怎么办呢？如何才能减轻他们的抑郁感呢？”

朴钟锡：“不管是男人还是女人，无论年纪大小、工作好坏，只要你下班后没人约，最后都会是一个人。不管情况或处境如何，一个人的时候难免会有‘这个世界上只有我被抛弃，我什么也不是，所以被孤立’的感觉。我在没有任何约会的时候，也会被这种孤独感折磨。”

编辑：“最近由于社会观念的变化，单身人士的数量激增，他们最强烈的抑郁情绪可能就来自孤独感。如果不刻意跟别人约好聚会，他们可能就会一个人。如果他们不希望感到孤独和抑郁，该怎么办呢？”

金惠男：“虽然一个人很孤独，但即便如此，不管是谁来约，我都不太愿意出去，好像是想避开所有人。”

朴钟锡：“只要有人持续邀约，我就会出去，而且会等着别人来约我。”

金惠男：“有些人虽然是单身，但是工作很稳定，也很有自信，且受人尊重，这样的人只要朋友或同事邀约，通常乐意赴约。不过大部分单身人士，随着年龄逐渐增长，外貌、经济等方面的竞争力也会越来越差，如果不是从事具备专业技能的工作，在社会上立足的机会就会日益减少，自尊心也会随之减弱。这种情况下即使朋友们邀约，他们可能也不太想出去，而且与朋友见了一次面之后，反而会感到更加抑郁。”

朴钟锡：“因此，即便是在这种情况下，就算勉强我们也要让自己振作起来，试着与某人见个面。如果因为不愿意出去、不想见某人而总是待在家里的话，我们可能会产生更强烈的抑郁感。

“而且一个人独居的时候，身体要清洗干净，头发也要梳整齐，经常照照镜子，维持起码的个人清洁，我觉得这一点很重要。事实上，在因为抑郁症到医院就诊的人中有不少人几天不洗头也不换内衣，对自身的一切似乎都是置之不理的态度。然而无论是一个人还是两个人，会陪伴自己到最后的人终究只有自己。

“根据我的经验，即使是悲伤或是抑郁得要死，也要起来洗漱、吃饭、运动、给别人打电话或接听别人的电话，这才是恢复正常生活的开始。唯有如此，无论是多巴胺还是血清素才能在体内出现。为了重新找回自己生命的律动感，我们至少应该主动迈出第一步，不然的话人生就太疲累了。”

不会哭泣的人

给再怎么难过
也不会流泪的你

英国精神分析学家哈里·根特立表示：
“比起认识到自己是软弱的存在，
人们宁愿认为自己是差劲的存在。”
即抑郁的人为了阻止自己感受到软弱的自我，
会把自己当成具有攻击性、
愧疚感的差劲的自我。

你在哭吗？
我没有哭。
哎，你哭了吧？

那样藏着眼泪、忍住哭泣之后，
到头来就会成为
想哭也哭不出来的大人了……
周围的人只觉得这样的自己很冷漠、很强势，
但是谁也不知道，
内心深处那个脆弱的孩子
是多么害怕、生气和悲伤。

哭泣是释放痛苦和悲伤的一种方式，
哭泣具有分享的意义，
哭泣更有自我怜悯的意义。

直面自己的伤口和恐惧，
是一件非常痛苦的事情。
但是在感受到令人热泪盈眶的怜悯之情并照拂自己之后，
我们才能温暖地拥抱自己。

“即使孤独、悲伤，我也不会哭。我忍了又忍，有什么好哭的？”

卡通片《小甜甜》的女主角小甜甜，每当感到孤独、悲伤和寂寞的时候，就会和镜子里的自己聊天，然后自我暗示，说：“笑吧！甜甜！笑吧！甜甜！哭的话，就是大傻瓜！笑吧！甜甜！”

不知从何时起，韩国社会开始陷入“强者不哭”的偏见之中。难怪总有人说男人一生只允许哭三次——出生、父母去世、咬到舌头时，此外若是哭的话，就是没出息的男人，是个孬种！

“你在哭吗？”

“我没有哭。”

“哎，你哭了吧？”

“我没有哭！”

长大后，我们就更加吝啬于流泪了。我们觉得因为看了悲伤的电视剧或是电影而哭的模样很丢脸，所以努力忍住眼泪，即使感到委屈、愤怒，眼泪都快要流出来了，也会咬紧嘴唇坚持不哭。因为大家都认为大人流泪就是软弱和丢脸的事。

当有人悲伤地哭泣时，我们也会安慰他：“不要哭，要战胜它。”

看到在路上摔倒而哭泣的孩子时，我们也会赶紧跑过去告诉他：“停！坚强的人不哭。”

然而，那样藏着眼泪、忍住哭泣之后，到头来就会成为想哭也哭不出来的大人了。

◑ 穿着玻璃铠甲的冰公主秀英

秀英是位29岁的未婚女性，也是职场上公认的明日之星。她不仅精明能干，而且好胜心强，一旦接受某项任务就会做得尽善尽美。不过，她经常听到同事、朋友，甚至家人说她很冷酷，似乎就算被针刺到或是受伤流血，也不会流一滴眼泪，总是摆出一副冷漠无情的姿态。

“现在想想，自从过了青春期，我就没有哭的印象。不知从何时起，我不再感到悲伤或抑郁。”

她从小就不爱哭，就算跌倒流血了，站起来自己往伤口上搽点药就好。看着大家哭成一片的悲情电影，她也是面无表情。而且，即便再苦再累，她也不会开口请别人帮忙。这样的秀英，让周围的人觉得她是个既冷漠又好强的人。

秀英是家里孩子两女一男中的长女。身为大学教授的父亲个性严谨，不仅对妻子，就连对子女也冷若冰霜，再加上他只要一生气就表现出极端行为，这让家人始终在恐惧中瑟瑟发抖。

秀英的母亲是一位药剂师，为了抚育子女，不得不辞掉了工作。她母亲属于野心很大且情绪起伏大的人。母亲非常热衷于教育，为了子女的学习不惜付出任何代价，特别是对长女秀英的期望很高，每当遇到伤心的事时总会向年幼的秀英倾诉，并经常吐露对丈夫的不满。也许正因如此，从小秀英就觉得母亲如此辛苦都是因为父亲太差劲，所以非常讨厌父亲。

秀英的父母经常吵架，一吵架家里就像爆发了战争一样，家庭气氛变得“杀气腾腾”。母亲一生气就会不断朝着父亲咆哮，因此父亲经常殴打母亲，动不动就把家具都打坏。父母之间的战争结束后，母亲总是病倒在床，秀英等三个年幼的孩子只能自己煮面充饥，甚至得照顾精疲力竭的母亲。也许因为这种事一再发生，秀英从小就觉得自己应该保护母亲，为了让母亲高兴而非常用功地读书，以保持第一名的成绩。

母亲希望秀英成为一名医生。她经常告诉秀英要立志行医，并且经常拿秀英和亲戚或周围的人比较，鼓励秀英更加努力地学习。只要秀英的成绩稍微下滑，母亲就会立刻露出失望的神情，对秀英的态度也变得很冷淡。为了保持优秀的成绩，秀英埋头苦读，当然也认为自己想成为一名医生。

几个月前，秀英为了远离母亲，在公司附近租了间单身套房，宣告要独立生活，但母亲的意见总是取代自己内心的声音。在接受心理咨询时，每当我问她你为什么这么想时，她大多回答：“妈妈是这么说的。”秀英就像被母亲夺走灵魂的人。失去自己的心声的秀英总是感到空虚不安，甚至对母亲产生了愤怒的情绪。

秀英的内心深处，总有一个任意摆布和左右着自己、想让自己成为附属品的母亲。对这种状况，她有着深深的愤怒感，但是这种愤怒感十分危险，只要稍微表露出来，她就有可能面对失去母亲的风险。此外，秀英对不能保护自己的冷漠的父亲以及强势的母亲具有强烈的愤怒和猜忌情绪，但这些情绪也是无法表露出来的。

“为了不产生让我感到痛苦的复杂情绪，我无条件地埋头苦读，唯有这样才能变得更强大。因为功课好没有人敢惹我，大家反而会认可我。”

她不想让别人看到自己脆弱的一面，认为让别人看到脆弱的自己就意味着屈服。不甘示弱的她把所有的悲伤和抑郁情绪都收了起来，然后为了变得比父母更强大而努力。她唯一能做的就是好好念书。

秀英如此执着于学习的同时，也强烈地反抗着自己的情绪。小时候，每当她遇到难以承受的事情时就会迅速选择忘记，并且“锁住”自己的情绪，不让它们外露。她尽可能地远离让自己变得脆弱的忧虑和悲伤情绪。她面无表情的脸庞后好像有着强烈的空虚感。和她聊天时，我也会觉得自己心里好像有个空虚的大洞。

◑ 忍了又忍的眼泪，到头来竟会反噬我

有些人哭不出来，觉得在别人面前哭的样子很丢脸，认为哭泣的自己很懦弱，只要流下一滴泪，好像这段时间一直在坚强支撑的自己会一下子崩溃，于是咬紧牙关忍住眼泪。如果这种情况反复出现，在某个瞬间就会变成无论发生什么事情，想哭都哭不出来。

我们常以为强者不哭，但这样哭不出来的人其实是更脆弱的。他们因为缺乏坚强的一面，所以总是想掩盖自己脆弱的一

面，为了掩饰脆弱而试着穿上铠甲，但那是玻璃制成的铠甲，当他们遇到无法承受的抑郁情绪时，那玻璃铠甲会变得支离破碎。

英国精神分析学家哈里·根特立表示："比起认识到自己是软弱的存在，人们宁愿认为自己是差劲的存在。"即抑郁的人为了阻止自己感受到软弱的自我，会把自己当成具有攻击性、愧疚感的差劲的自我。

脆弱的自我深藏在内心里，外在的我为了保护这种脆弱的自我，会让差劲的自我出现，并伪装成"愧疚感或愤怒感等矛盾情绪"。如此，人们为了保护自己，当情感和态度完全分离时，最终内心会隐藏起软弱无力的自己来进行自我保护，外在则会出现紧张得发抖的差劲自我，以此表达对世界的愤怒。

真正坚强的人不会掩饰自己脆弱的一面。因为即使有脆弱的一面，他们也有足够强大的承受能力。他们会如实展现自己的面貌，并且迎风而立。面对悲伤和抑郁的情绪时，他们也会认可和接受它们，健康地把它们宣泄出来，并且战胜它们。

我们会在各种情况下流泪，诸如伤心、高兴、害怕、痛苦、委屈和分离的时候。像这样的哭泣，对我们来说就像笑一样，是健康地将情感表达出来的重要手段。

从精神分析学的观点来看，哭泣具有宣泄情绪的作用，可以冲刷我们心中的愤怒和攻击情绪。小时候，我们遇到不如意的事情就会挣扎着大声喊叫、号啕大哭，借此发泄自己内在的愤怒或恐惧情绪。但是长大成人后，我们哭泣的时候，全身肌肉反而呈现松弛的状态。人在哭的时候，交感神经会变得迟钝，副交感神经会变得活跃，如此将具有阻止攻击性，即通过危险行动或动作释放情绪的效果，而攻击性、恐惧感或悲伤情绪则会通过眼泪这一清澈的分泌物释放出来。而且大多数人在泪眼婆娑的人面前，火气会消下来，进而产生想要照顾对方的冲动，所以泪水具有降低对方攻击性的效果。

另外，哭泣也具有提升我们的适应力的作用。我们经历挫折或悲伤的时候，没有释放的攻击性会通过哭泣这个渠道排出。然而，若是我们毫无理由地抑制自己哭泣，不借着眼泪来释放攻击性及中和情绪，人的情绪就会受到压制。此外，未能释放出来的攻击性将会堆积在我们的心里，最终反噬自己，在某个瞬间会让我们一下子陷入抑郁状态。

◑ 现在请放声哭泣吧

柏拉图把人类的本性比喻成两匹马拉的双轮马车和车夫。精神科医生兼心理咨询师戈登·利文斯顿对此描述如下：

“在外人看来，人就像人的模样。但是他们的人皮之下隐藏着三种形象。第一种是多头的怪兽，有的凶猛，有的温柔，可以说是情绪和欲望的代表；第二种是勇敢的狮子，是意志的一部分；最后一种则是作为人类的理性因素。”

柏拉图认为，人类应该得到狮子的帮助，并且控制好多头怪兽，这是人类的最高境界。在此，拥有情绪和欲望的多头怪兽，可以说是人类依据快乐原则来行动的性欲和攻击性等本能的要素。狮子则作为意志的一部分，具有攻击性，而且在被施虐的超我吸收后会攻击自己。至于理性则是驾驭情绪和欲望这两匹马的车夫，成为按照现实原则行动的自我。

以秀英为例。她怕自己人皮之下的怪兽跑出来，怕狮子生气地咬住自己和周围的人，所以穿着厚衣服紧紧地裹住这只怪兽。然而越是如此，不仅这只多头怪兽凶猛的头部，就连温柔的头部也会被困在这张人皮之下，狮子的意志也会被束缚，这导致她只能按照别人（妈妈）的意志生活。

表面上看似相当冷漠且不失平常心，能力出众且强势的秀英，心中却存在着巨大的空虚感和抑郁感，连她自己都浑然不知。但是在进行心理咨询的过程中，她明白了自己无论取得多大成就、得到周围多少人的认可，内心总是感到空虚，好像若有所失的原因。

她看待一切事物都没有情绪波动，无论做什么事都兴味索然，看什么感人的电影都无感。周围的人只觉得这样的秀英很冷漠、很强势，但是谁也不知道（连秀英自己也不知道），在她内心深处那个脆弱的孩子是多么害怕、生气和悲伤，而且正在独自饮泣。

秀英虽然有张漂亮的面孔，却面无表情。无论她在说什么话，都是一副扑克脸，连声音也总是一成不变，没有起伏。她在回忆起小时候父母吵架，母亲因流血而晕倒的事情时，丝毫没有情绪上的起伏，就像在转述别人的事情一样。后来她内心那个缠绕着的线团似乎慢慢地被解开了，心中的怒火和悲伤情绪也一丝一缕地被释放，于是我看到她的眼睛里蓄满了泪水。

在进入治疗中期的时候，她谈到了母亲对年幼的自己带来多么残酷和巨大的伤害，并且发出了宛如从腹中喷发而出的深沉的哭泣声。她说自己第一次哭得这么痛快。

一阵痛哭流涕过后，秀英脸上的表情开始恢复生机，她这才感受到自己真实的情绪。以前她为了“锁住抑郁”，将快乐和幸福等情感也一并“囚禁”起来，但是随着抑郁情绪被释放，其他情感也一一解脱。对秀英来说，这种状态是一次全新的体验。

她说这时才觉得自己活着。虽然回忆和承认自己悲痛的过去仍然让她感到有些困难和不便，但是她正试着接受这一切都是自己的一部分。因为如今即使承认了这一点，她也不再像之前那样感到羞耻，觉得自己像个怪物。

◑ 眼泪是我纯真的心灵

我们想哭的时候能够哭出来，这是很大的福报。当我们的身体不舒服或受伤时，当我们失去某个人时，当我们感到羞愧或受辱时，当我们觉得自己非常心酸时，当我们认为全世界好像只剩自己孤零零的一个人时，若是能够痛快地放声大哭，心情就会平静下来。即使什么问题都没有解决，但被堵住的胸口像开了一扇大窗，我们会感到凉爽无比。

哭泣是释放痛苦和悲伤的一种方式，就像是呕吐般吐出深埋在心底的坏东西，然后用泪水洗刷悲伤的一种过程——如同灰蒙蒙的天空和被污染的物质被大雨洗得干干净净一样。所以，当大哭一场后，我们心中沸腾着的悲伤情绪就会化为泡沫，变成清水沿着自己的水路被健康地排放出去。

哭泣还具有分享的意义。当我们看到可怜的人或面对他人的悲伤时，会深感同情并跟着落泪。这样的眼泪将会净化我们的心灵，使其恢复到纯真的状态。此外，若是有人能够陪自己一起哭泣，这意味着绝不是只有我一个人面对这一切，借此我们将会得到重新站起来的力量。

哭泣还有自我怜悯的意义。当我们发现没有人能一起做事，没有人能安慰自己的时候，眼泪就会顺着脸颊流下，我们可以抚慰自己："嗯！你很累吧？"这种平复自己情绪的泪水，会让我们想起儿时母亲抚慰自己的情景，使我们进入沉睡状态。

直面自己的伤口和恐惧，是一件非常痛苦的事情。但是在感受到令人热泪盈眶的怜悯之情并照拂自己之后，我们才能温暖地拥抱自己，然后就可以获得一种令人不再逃避也不再隐藏，有能力去寻找幸福的健康的能量。

后记

谢谢，我的“抑郁”啊！

最让我感到郁闷的人是谁？

邻居、婆婆、公司老板、漂亮或富有的朋友？都不是。我因他人产生的自卑感和愤怒是有限度的。回首往事，最让我心痛的竟然是我自己。我不断地把自己过去春风得意的时候和现在糟糕的处境进行比较，不断地后悔自己当初的选择：“为什么到现在还没结婚呢？为什么那时候就放弃了在大学附属医院任职呢？”

自责与对他人的愤怒不同，它没有时间限制，会让人每天都不自觉地重复着同样的想法——我们叹了口气，睡了一觉后，又迎来一个让人愁眉苦脸的早晨。然后想着诸如当初就不应该碰那个事业、不能玩比特币等，我们明知后悔也无济于事，却总是一边骂自己傻瓜，一边叹气。久而久之这就变成了习惯，人就会总是揪住过去不放。我也是如此。

对无法专注于当下、放眼未来的人来说，他们完全看不到人生前景与逆转的机会，只是不停地反复强调：“我到底为什么会那样？”他们明知这样做无济于事，却由于几番失败，而认为自己这辈子已经无望、这段婚姻已经结束、这人跟我不合，甚至断定我们的国家已经走入歧途。

金惠男医生所说的话中，有一句让我印象最为深刻，那便是“抑郁的反义词不是幸福，而是生动感。我们活着就要动，每天一点儿一点儿地变化，才是摆脱抑郁情绪的唯一方法”。

10 年前，我读了金惠男医生所写的《30 岁前一定要搞懂的自己》这本书，那时的我年轻又自信，相信自己能够如愿以偿地获得自己想要的人生，确信自己不会患抑郁症，未来理所当然会获得幸福。身为把不成熟和稚气误认为自信的年轻医生，我对他人的焦虑和抑郁感也没有那么深的同理心，这真是令人羞愧的事情。

事实上，我 30 多年的人生与原本的期待相差很大：工作、恋爱、婚姻、家庭等，没有一项是我能掌控的；原本相信自己一定会被录取的面试，结果却总是落榜；事业、投资、股票等，也都是以赔本收场。对究竟是留在大学附属医院还是自行创业也一直犹豫不决，四五年过去之后，看着风风光光的医院同事和朋友们，我感觉自己一败涂地。

当日常生活中的寂寞成为习惯时，当自己也没有意识到的抑郁感涌上心头时，我就会开始否定现实，把自己的这种糟糕境遇归咎于别人，然后告诉自己“没事，这样就很幸福”，不停地安慰自己，得到的却只有空虚的回声。于是，我幡然醒悟，从抑郁感中逃了出来。

虽然我开始喝酒、沉浸于玩在线游戏、辞掉工作去旅游，但是生活似乎没有什么改观。我讨厌患有抑郁症的自己，并且为此深感羞愧，好像被人揭穿了自己懦弱的一面，似乎被打上了窝囊废的烙印。我否定了自己，想从这种糟糕的状态中逃脱。郁郁寡欢的我不仅否认自我，还批判自我。

在我人生中最艰难的2018年，住在大邱的洪植，住在板桥的哥哥亨燮和嫂嫂夏恩，住在仁川的宰亨和熙京夫妇教会了我即使患上抑郁症也不会缺少什么，也可以成为一个好人。尽管我窝囊又不停地惹人厌烦，他们始终以忍耐和接纳的态度来包容我，这些让我记忆犹新。

我不能重蹈覆辙，因为对心爱的人造成的伤害和放的狠话是无法收回的。我告诉自己不能再这样下去，好几次下定决心，却又总是犯同样的错，然后每天早上在洗手间的镜子里又看到一个意志无比脆弱的人。我恐怕又要陷入抑郁和失败的状态了。我用卑劣不堪的言语和行动伤害自己心爱的人，但是现在我知道那不会就此结束。在自卑的洞穴中疲惫不堪的我体会到，自责才是让对方和自己感到最痛苦的事。

为什么我得不到爱？为什么我没能成功？

我再也不要有这种疑问和后悔情绪了。我应该将一天当成两天来过，即使今天受挫，依然可以期待明天，感谢自己之前所积累的努力给现在的自己带来了机遇和缘分。抑郁症教会我的是，能改变自己人生的，不是像中彩票一样的奇迹或是命运般的爱情，而是每天早 5 分钟出门上班，多花 10 分钟运动，多多充实自己现在的生活。

我想要感谢的人太多了。感谢金惠男医生和朴英美社长，还有我所挚爱的人——智恩。最后，我想对让我体会到生活中所有喜怒哀乐的抑郁症，表达尊重和敬爱之意。

2019 年 5 月

朴钟锡